非遗·年画读书课系列

年画上的中华经典故事

沈泓　王本华 ◎ 主编

仁爱篇

U0701861

海天出版社（中国·深圳）

图书在版编目（CIP）数据

年画上的中华经典故事·仁爱篇 / 沈泓，王本华主
编. — 深圳：海天出版社，2017.3
（非遗·年画读书课系列）
ISBN 978-7-5507-1804-3

Ⅰ. ①年… Ⅱ. ①沈… ②王… Ⅲ. ①民间故事—作
品集—中国 Ⅳ. ①I277.3

中国版本图书馆CIP数据核字（2016）第268029号

年画上的中华经典故事·仁爱篇
NIANHUA SHANG DE ZHONGHUA JINGDIAN GUSHI REN'AI PIAN

出 品 人　聂雄前
责任编辑　许全军
责任校对　陈　军
责任技编　梁立新
装帧设计　知行格致

出版发行　海天出版社
地　　址　深圳市彩田南路海天综合大厦7～8层（518033）
网　　址　http://www.htph.com.cn
订购电话　0755-83460397（批发）　83460239（邮购）
设计制作　深圳市知行格致文化传播有限公司　Tel：0755-83464427
印　　刷　深圳市新联美术印刷有限公司
开　　本　889mm×1194mm 1/32
印　　张　7
字　　数　134千字
版　　次　2017年3月第1版
印　　次　2017年3月第1次
印　　数　1～4000册
定　　价　39.80元

年画，顾名思义，就是过年（春节）时张贴的画。20世纪六七十年代以前出生的人，特别是生活在广大农村地区的民众，对年画应该非常熟悉。富贵娃娃、吉祥狮虎、祥瑞牡丹、神话故事、历史人物等，栩栩如生的形象寄托着人们的美好愿望，伴随着人们的永久记忆。

年画反映着民间的生活风俗、人们的虔诚信仰、古老的神话传说和悠久的历史传承，其中包蕴着丰厚的中华优秀传统文化经典故事。海天出版社决定将这些经典故事分门别类，结集出版，既是保存非物质文化遗产的需要，同时也是从中挖掘传统文化精髓，传承和弘扬中华优秀传统文化的重要举措。

这套"非遗·年画读书课系列"共六册，每册一个主题，分别为仁爱、民本、诚信、正义、和合以及大同。丛书中的年画均源自沈泓编著的"非遗·中国年画经典系列"，遴选工作也由沈泓先生亲自完成。沈泓多年致力于中国年画的考察、保护和抢救工作，整理了大量与年画有关的资料，撰写和出版了很多相关方面的文章和专著，是"中国收藏木版年画最多的收藏家"，也是"写作出版年画专著最多的学者"（孙建君语，他是中国非物质文化遗产保护工作专家委员会委员）。由于他在这方面的众多成果和突出贡献，所遴选的年画基本上具有极大的代表性和典型性。这一点，我们翻开每一册书就可以感受到。

这套丛书除了年画部分，更重要的是与年画相关的经典故事的讲述，以及相关优秀传统文化教育价值的挖掘和阐释，其中特别值得关注的是与中小学基础教育的结合。这部分工作主要由中国教育学会中学语文教学专业委员会（以下简称"中语专委会"）组织相关人员完成。

中语专委会成立于1979年，是教育部门最早成立的学会组织之一。在将近40年的发展历程中，在吕叔湘、刘国正、张鸿苓等前辈的努力下，中语专委会团结了一大批语文教育研究者和工作者，逐步形成了"以研究学术立会、以服务教师为本、为语文教育建言献策"的发展理念，在业内具有极大的影响力。该套丛书的撰写工作，中语专委会主要邀请了北京、广东、江苏等地的优秀教师以及人民教育出版社的部分语文教材编写人员共同参与完成。他们在繁忙的工作之余爬梳整理，认真选择，精心撰写，以飨读者。本套丛书每册包括若干章节，大多数章节由三部分组成。一是"来龙去脉"，围绕主题讲述故事始末、渊源、发展和变迁等，既尊重历史又注重趣味，力求让读者在活泼有趣的语言叙述中感受传统文化的价值和魅力。二是"知识广角"，是对故事的扩展、延伸、迁移，有的是相关故事，也有的是与故事或主题相关的文学作品、其他知识等；如果是文学作品，还会附一定的赏析文字，广博的视野更能激发读者的阅读兴趣。三是"点悟·絮语"，简要阐释年画主题在现代社会的意义，对个人自身的引导，从而对传统文化去芜存菁，既弘扬了中华优秀传统文化的主流价值，又使广大读者，特别是青少年读者从中受到熏陶，得到教益。

众所周知，2013年11月，党的十八届三中全会提出"完善中华优秀传统文化教育"的命题；2014年3月，教育部颁布《完善中华优秀传统文化教育指导纲要》；同年教师节期间，习近平总书记看望北师大师生时指出"应该把这些经典（指传统文化经典）嵌在学生的脑子里，成为中华民族文化的基因"。这些都对传统文化教育提出了新的要求和挑战。特别是《完善中华优秀传统文化教育指导纲要》，从加强传统文化教育的基本原则、主要内容、学段安排、师资建设、实施保障等方面提出了指导性意见，将其作为贯彻党的十八大提出的"立德树人"的根本任务的重要举措，要求各级各类教育部门和单位贯彻落实执行。在这样的大形势下，以年画为纲，梳理其中蕴含的优秀传统文化教育的内涵和价值，其重要意义也就不言自明。

丛书即将付梓，特作此序！

中国教育学会中学语文教学专业委员会副理事长

王本华

2016 年 11 月

目 录

第二章　大慈大悲——观音的故事

第三章　和谐好合——爱情的故事

第六章　人性关怀——蝴蝶杯的故事

第七章　仁者爱人——圣贤的故事

年画上的
中华经典
故事 一

仁爱篇

第一章

仁兽传奇

——麒麟送子的故事

来 龙 去 脉

麒麟的起源

　　麒麟（qílín），是中国古代传说中的神兽。麒麟性情温和，不伤生灵。幼年麒麟不会飞，成年麒麟会飞，且成年麒麟能大能小，平时较为慈祥，发怒时凶猛异常。麒麟长寿，能活两千年，口能吐火，声音如雷。古人认为，麒麟出没处，必有祥瑞出现，它被古人视为神宠、仁宠。

　　民间传说中称，天地诞生之初，飞禽以凤凰为首，走兽以麒麟为尊。传说里，它是神、仙的坐骑，地位仅次于龙。从其外部形状上看，集狮头、鹿角、虎眼、麋身、龙鳞、牛尾于一体，尾巴毛状像龙尾，有一角带肉。也有传说称麒麟的身体像麝鹿。

　　明朝永乐十三年（1415年），郑和带着麻林（今非洲东岸肯尼亚的马林迪一带）国王赠送的长颈鹿回到了南京。由于长颈鹿长相似中国民间传说的吉祥之物——麒麟，加之当时国人对长颈鹿知之甚少，大家一致认定，麻林国所赠的长颈鹿就是麒麟。

麒麟传说的始作者究竟是谁，其源流怎样，还不是很清楚。有学者推测可能是周民族的祖先，因为周人原居西北，那时的西北，水草丰美，适宜鹿类的生长。

在古代中国，龙、凤被最高统治者所攫取，便失去了原来的图腾意义，而成为帝王、后妃的象征。性善的麒麟，在权力角逐中，被挤到了民间，老百姓期望它带来丰年、福禄、长寿与美好。

麒麟送子／滩头年画

麒麟送子 / 潍坊年画

麒麟送子／南通年画

麒麟送子／南通年画

西狩获麟

　　历史上有个著名的"西狩获麟"的故事，首先见于战国时成书的我国最早的一部编年史《春秋》。故事发生在春秋末期鲁国西境大野泽。鲁哀公十四年（前481年），鲁哀公带领大臣们到嘉祥（今山东省西南部，属济宁市）的南部山区围猎，在轰赶野兽的过程中，突然惊扰了一只神兽——麒麟，这只麒麟被惊扰之后仓皇逃窜，鲁哀公和他的大臣们从来没见过神兽，因而感到非常好奇，于是在后面拼命地追赶。其中孙叔氏的车夫鉏商的马跑得较快，鉏商在后面对麒麟射了一箭，麒麟中箭后继续逃跑，但最终因为负伤在今嘉祥卧龙山西部被鉏商一班人马围住捕获。

　　他们从来没见过神兽，鲁哀公等人赶到的时候大家围在一起讨论，也不能确定这个神兽到底叫什么名字。孔子看到麒麟负伤惊魂未定的样子，心中万分悲痛，他说："这是麒麟，是天下第一仁兽，若不遇盛世的话是不会出现的，为什么现在会出现啊！"话毕痛哭不止。鲁哀公将麒麟带回去疗伤，不想麒麟因惊吓过度不吃不喝很快就死了。人们为纪念"西狩获麟"，在埋葬麒麟的地方建筑了麒麟台，又名获麟台，古称获麟古冢。

相传孔子因为麒麟非盛世出现被捕获而无比伤感，悲怜之情难以言表，《春秋》的写作也因此搁笔了。

麒麟送子

晋王嘉《拾遗记》中描述，孔子诞生之前，有麒麟吐玉书于其家院。这个典故成为"麒麟送子"的来源。

曲阜有一条阙里街，孔子的故居就在这街上。孔子的父亲孔纥与母亲颜徵仅孔孟皮一个男孩，但患有足疾，不能担当祀事。夫妇俩觉得太遗憾，就一起在尼山祈祷，盼望再有个儿子。一天夜里，忽有一头麒麟踱进阙里。麒麟举止优雅，不慌不忙地从嘴里吐出一方帛，上面写着："水精之子孙，衰周而素王，徵在贤明。"第二天，麒麟不见了，孔纥家传出一阵响亮的婴儿啼哭声，孔子诞生了。

汉族民间有"麒麟儿""麟儿"之美称。南北朝时，对聪颖可爱的男孩，人们常呼为"吾家麒麟"。

中国传统的生育观念是希望多生儿女，子孙满堂，多子多福。这种传统观念根深蒂固，影响了一代又一代人。无论从妇女怀孕，还是到婴儿降生、百晬及其他庆贺活动，无不体现出人们为祈福所做的不懈努力。因为麒麟曾降临过孔子这样的圣贤人家，人们由此相信麒麟既可以送子，又可以佑子。于是，以"麒麟送子"为主题的民俗文化现象不仅见于图画、祝祷之语，而且也见于岁时活动，表现形式十分广泛，意在祈求、祝愿早生贵子，子孙贤德。

就《麒麟送子》的图案而言，既有繁，又有简。繁者或以童子为中心，戴长命锁，持莲抱笙；或为童子骑麒麟，角挂一书；或为童子背后有一仕女护送，仕女张伞持扇。简者为童子骑麒麟，手持莲花。在民间版画作品中，还多配吉祥联语"天上麒麟儿，地下状元郎"。

麒麟送子/高密年画

麒吐玉书

麟吐玉书／平度年画

凤含芝草／平度年画

麒麟送子／高密年画／清

麒麟送子／高密年画／清

知 识 广 角

祥兽寓意

麒麟是中国古代神话里的宠物，其造型是把那些备受人们珍爱的动物所具备的优点，全部集中在麒麟这一幻想中的神宠上。在中国众多的民间传说中，关于麒麟的故事虽然并不是很多，但其在民众生活中却无处不体现出它特有的珍贵和灵异。

麒麟，在传说中被赋予了十分优秀的品质。比如，其性温善，不履生虫，不折生草，头上有角，角上有肉，设武备而不用，因而被称为"仁宠"。西凉武昭王《麒麟颂》记载："一角圆蹄，行中规矩，游必择地，翔而后处，不蹈陷阱，不罹罗罟。"《宋书·符瑞中》也说："含仁而戴义……不饮洿池，不入坑阱，不行罗网。"

麒麟崇拜之所以能在历史发展传承中被广大民众和统治阶级所接受，正是因为这种"仁宠"所具备的品质符合两千年来中国的礼教和儒家风范。

儒家思想的核心就是"仁学"，其主旨是"爱人"。儒家认为，人之所以为人，是因为具有"仁爱之心"，并以"爱人"与否这样一个道德标准来判定人们是否应该受到尊敬和重用。

民俗中的麒麟文化

传说汉武帝曾得到过麒麟。元狩元年（前122年）冬十月，武帝行幸雍祠五畤，获得"白麟"，认为祥瑞，作白麟之歌。为此将原来的年号元朔改为元狩，以庆吉祥。此外，汉武帝还修筑了麒麟阁。汉宣帝甘露三年（前51年），下令画功臣霍光、张安世、韩增、赵充国、魏相、丙吉、杜延年、刘德、梁丘贺、萧望之、苏武十一人画像于麒麟阁，以表其功。后世多以"麒麟阁"或"麟阁"表示卓越的功勋和最高的荣誉。又传宋太宗时期亦获麒麟，满朝称贺。由此可见，麒麟预示吉祥征兆的意义已被广泛认同。

中国的建筑尤其是居民建筑多为砖木结构，盛行在房檐、房山墙、门楣、窗框、影壁、柱础、板墙、屋脊、抱鼓石等处以砖雕、木雕或石雕的方式装饰寓意深刻的吉祥图案，麒麟便是其中常用的吉祥动物。有的在大门的两侧装饰石雕麒麟，既显示门庭高贵，又能够镇宅避邪。

麒麟送子／高密年画／清

麒麟送子 / 高密年画 / 清

　　从古至今，人们都喜欢以麒麟的工艺造像作为护身符佩戴在身上，其质地有金、银、铜、玉等，尤其讲究为婴幼儿佩戴"麒麟锁"，以此为孩子祈祷长命百岁。

　　在中国传统民俗礼仪中，麒麟被制成各种饰物送给未成年的儿童佩戴，有祈福和保佑的用意。《红楼梦》中第三十一回，大篇幅写"因麒麟伏白首双星"，这里的麒麟不仅是史湘云的护身符，也是暗示她婚配的一件信物。黄梅戏《女驸马》中，一对玉麒麟也是代表爱情的见证。女主人公与男主人公受阻于女方父母的决定，女主人公交给男主人公一只玉麒麟，发誓"生生死死不变心，清风明月作见证，分开一对玉麒麟，这只麒麟交于你，这只麒麟留在身，麒麟成双人成对，三心两意天地不容"。等到双方冲破重重阻挠，有情人终成眷属，"麒麟成双人成对，并蒂花开万年红"，大喜之夜双方麒麟终于成对。

　　此外，以麒麟的艺术造型为图案的传统纹样也被广泛使用。在《诗经》中，就曾以"麟之趾"来赞美周文王和他的家族，后来都以"麟趾"来比喻子孙才德兼备。麒麟作为一种吉祥物，也常常被用在朝政上。唐朝武则天统治时期，以麒麟作纹饰绣于袍服，名曰"麒麟袍"，专门赏赐给三品以上的武将穿用。清朝时，将麒麟绣于一品武官的"补子"上，成为等级制度的标志。在一些贵妇人的裙褂上，也常常会绣有百兽拜麒麟的吉祥图案，以此来表达一种美好的祝愿。在民间剪纸、年画、刺绣、蜡染等工艺美术品中，都留下了麒麟那鲜活的形象。

麒麟舞

麒麟舞已有五百多年的历史，集歌、舞、乐于一体，所舞麒麟的骨架用竹篾扎成，皮用各色彩布做成。分成头、尾两截，中间穿孔，舞者站在穿孔处将麒麟系在身上，在春节期间，入村上街挨家逐户恭贺新年。

麒麟舞融音乐、舞蹈、工艺、美术、杂技于一体，既具有美学的欣赏价值，又有文艺、民俗、历史的研究价值，这是祖先留给中华儿女的一份宝贵财富。

据史料记载，麒麟舞原本是皇宫中的表演艺术，称之为"麒麟圣舞"，是皇家各类庆典中必有的演出。据传明朝灭亡之后，一位皇宫艺术家将他的麒麟舞绝技带回家乡，代代相承，麒麟舞才得以流传。

广东是麒麟舞流传较广的地区，全省各地的麒麟舞各具特色，较为著名的有以惠州小金口为代表的东江麒麟舞、以东莞樟木头为代表的客家麒麟舞、以广州番禺为代表的黄阁麒麟舞等。

麒麟送子／高密年画

麒麟送子/高密年画

麒麟送子 / 杨柳青年画

麒麟送子／杨柳青年画

西方的麒麟文化

西方也有麒麟传说，但西方的麒麟形象与我国神话中的麒麟完全不同，它是一匹形似白马、头生一角的独角兽。

麒麟自古以来在欧洲被视为智慧和文化艺术的象征。在西方的星座中有一个麒麟座，麒麟座位于猎户座东侧，正好被银河"切开"，其中亮星很少，每年1月5日子夜麒麟座上中天。麒麟座的拉丁文意为独角兽或犀牛。我国天文学家将其翻译为麒麟。因为麒麟象征吉祥，麒麟座就是一个被人们称为吉祥的星座。

近代一些西方人将麒麟变为"金钱拜物教"的图腾、牟利者的猎取对象，故有了所谓"金麒麟"之说。法国当代作家、龚古尔文学院院士埃罗勃莱斯的一部畅销小说，就取名《追逐麒麟》。当然，西方也有人发出了警惕"金麒麟"的醒世恒言。西方的现代麒麟观似乎已影响中国，冲击着传统的儒家道德，致使某些国人失去自己的社会文化特性，迷失在"金钱拜物教"中。

佳 作 赏 析

麟之趾

《诗经·国风》

麟之趾①，振振公子②，于③嗟麟兮。

麟之定④，振振公姓，于嗟麟兮。

麟之角，振振公族，于嗟麟兮！

译文：

麒麟的蹄儿不伤人，仁厚的公子啊，你们就是麒麟啊！

麒麟的额头不顶人，仁厚的公姓啊，你们就是麒麟啊！

麒麟的犄角不触人，仁厚的公族啊，你们就是麒麟啊！

注释：

①麟之趾：指麒麟的蹄。麟，麒麟，我国古代传说中的仁兽，以它比喻公子、公姓、公族的仁厚、诚实。趾，足。

②振振（zhēn）：诚实仁厚的样子。公子：与公姓、公族皆指贵族子孙。

③于（xū）：通"吁"，叹词。

④定：通"颡"，指额头。

麒麟送子 / 杨柳青年画

麒麟送子／杨柳青年画

天僊

世典局

天仙送子／凤翔年画

天仙送子／凤翔年画

获麟解

韩愈

麟①之为灵②，昭昭③也。咏于《诗》④，书于《春秋》⑤，杂出于传记百家之书，虽妇人小子，皆知其为祥⑥也。

然麟之为物，不畜⑦于家，不恒⑧有于天下。其为形也不类⑨，非若马牛犬豕豺狼麋⑩鹿然。然则⑪，虽有麟，不可知其为麟也。

角者吾知其为牛，鬣⑫者吾知其为马，犬豕豺狼麋鹿，吾知其为犬豕豺狼麋鹿。惟麟也不可知。不可知，则其谓之不祥也亦宜。

虽然，麟之出，必有圣人在乎位。麟为圣人出也。圣人者，必知麟，麟之果不为不祥也。

又曰，麟之所以为麟者，以德不以形。若麟之出，不待圣人，则谓之不祥也亦宜。

注释：

①麟：麒麟。

②灵：灵异、神奇之物。据《礼记》记载："麟、凤、龟、龙，谓之四灵。"

③昭昭：明白。

④《诗》：即《诗经》，我国最早的诗歌总集，其中就有《麟之趾》篇。

⑤《春秋》：我国最早的一部编年体断代史。《春秋·哀公十三年》有"西狩获麟"的记载。

⑥祥：祥瑞。

⑦畜（xù）：饲养。

⑧恒：常。

⑨类：相似。不类即不好归类。

⑩麋（mí）：也叫驼鹿或犴（hān）。

⑪然则：既然如此。

⑫鬣（liè）：马颈上的长毛。

译文：

麒麟是象征祥瑞的灵兽，这是众所周知的。在《诗经》中被歌颂过，在《春秋》中也有记载，在历史传记和诸子百家之书也夹杂有记述，即使妇女和儿童也知道它是吉祥之物。

但是麒麟这种灵兽，不能被家庭所豢养，自然界也不常有。它的样子和其他动物并不相似，不像马、牛、犬、猪、豺狼、麋鹿那样。既然如此，那么即使有麒麟出现，人们见到也认不出来。

头上有角的我知道是牛，有鬣毛的我知道是马，犬猪豺狼麋鹿，我知道它们是犬猪豺狼麋鹿，只有麒麟没法识别。既然不认得，那么人们说它不吉祥也是可以的。

即便如此，有麒麟出现，就表明在位谋政的君主是圣人，麒麟是因为圣人才现形于世。圣人一定能认识麒麟。所以麒麟终究不是不吉祥之物。

又有人说：麒麟之所以被称作麒麟，是按照德行而不是按照外形。假若麒麟自行出现，而没有圣人在世能够认得，那么说它不吉祥也是合适的。

作者简介：

韩愈（768—824年），字退之，河南河阳（今河南孟州南）人。唐朝文学家、哲学家。与柳宗元同为古文运动倡导者，并称"韩柳"。散文各体兼长并加以创新，被后人尊称为"唐宋八大家"之首。自谓郡望昌黎，世称韩昌黎，著有《昌黎先生集》。

唐元和七年（812年），相传麒麟出现在东川，韩愈借麒麟自喻，有感而发，感慨有识之士不为统治者所用，反而遭到歧视和打压，寄托了自己怀才不遇的愤懑之情。

地产凤凰孙／高密年画

麒麟送子／平阳年画

麒麟送子

麒麟送子／平阳年画

桂阁产麒麟 / 平度年画

兰房生贵子 / 平度年画

点悟·絮语

科学高度发达的今天，有许多人在家中摆放麒麟来镇宅招财、招子送子、祈求平安，说明了麒麟作为仁兽形象在人们心中的根深蒂固。希冀祥瑞太平、风调雨顺、国泰民安，趋利避祸、万事如意、健康长寿，向往、追求吉祥幸福生活，这是人们普遍的心理需求。麒麟崇拜正是反映了人们的这一普遍心理，这也是麒麟之所以久传不衰的主要缘故。

第二章

大慈大悲

——观音的故事

来 龙 去 脉

 观音的来源

　　观音菩萨，又名观世音菩萨，从字面解释就是"观察（世间民众的）声音"的菩萨。观音菩萨与文殊菩萨、普贤菩萨、地藏菩萨，并称为四大菩萨。观音菩萨在佛教诸菩萨中，位居首位，拥有的信徒最多，影响最大，是我国佛教信徒最崇奉的菩萨。

　　关于观音菩萨的身世，在佛经中多有记述。佛典所载的观音有好几种身世，说法各异。

　　大多记载观音身世的佛经所说的观音菩萨都是男菩萨。佛经所说观音的特点都比较明确，虽然姓名不同，但都一致，如《悲华经》所说，这位菩萨发誓要做的就是免除众生苦恼，救护"无依无舍"的"忧愁孤穷"，所以，观音菩萨主要就是一位救苦救难的"度一切苦厄"的慈悲菩萨，这和后世的观音菩萨是一致的。

　　观音菩萨传入中国大约是在魏晋时期，观音菩萨是随着魏晋时期净土宗的盛行而日益深入人心的。净土宗的信仰是称名念佛往生阿弥陀佛净土即西方极乐世界。但是，中国民众接受印度的佛菩萨却又并非全部照搬，而是意造为中国菩萨。随着佛教中国化的发展，印度的观音形象逐渐发生重大变化。

中国早期观音造像，如莫高窟的壁画和南北朝的木雕，都是以男性形象出现，有的嘴唇上还有两撇小胡子。中国女相观音盛行于隋唐时期，是佛教文学艺术中的重要艺术形象，出现在多部古代文学艺术作品中，例如《西游记》《目连救母》等。

观音／南通年画

观音 / 桃花坞年画

观音／潍县年画

观音座镇

观音坐镇／佛山年画

观音 / 清

观音 / 清

南海观音 / 潍头年画

千手观音

千手观音，又称千手千眼观世音、千眼千臂观世音等。千手表示遍护众生，千眼则表示遍观世间。唐朝以后，千手观音像在中国许多寺院中渐渐作为主像被供奉。据说千手观音的出现，有这样一段美丽的故事。

古代兴林国妙庄王有三位美丽的公主。大公主叫妙金，二公主叫妙银，三公主叫妙善。妙善自幼喜欢出家修行，妙庄王不允准她去，她便偷偷跑出去。

妙善所在的庙里有五百个和尚和尼姑，妙庄王一气之下，一把火焚烧了这庙院，和尚和尼姑都被烧死在里面。在庙内修行的妙善也被烧伤，幸被一只白虎驮走获救，历经千辛万苦来到香山继续信佛修行，最终成了香山寺院的住持，终成正果。

佛经讲，善有善报，恶有恶报。妙庄王做了恶，身上就长了五百个大脓疮，用什么药都无济于事。医生说非要亲骨肉的一只眼和一只手作药，才能医好。大公主不愿意，二公主舍不得。修行的三公主妙善至善至孝，一听说要亲生骨肉的一只眼和一只手才能治好父王的病，自己就挖了一只眼、砍了一只手给父王作药。妙庄王服药后，全身脓疮消失，身体康复。

妙庄王听说香山菩萨献给他眼和手，就前来进香参拜。女儿岂能受父亲参拜，见父长拜，妙善就一侧身，不接受父亲的拜礼。妙善的大孝行为感动了释迦牟尼佛，释迦牟尼佛就召见妙善说："你这大孝子，舍了一只眼、一只手，我就还你一千只眼、一千只手。"这样，妙善就成了千手观音，为成千上万的善男信女所崇敬。

不肯去观音

佛教从中国传入日本后，日本僧人常慕名来中国学习。他们久闻观音大名，对观音菩萨十分崇拜。

唐朝咸通年间，一位叫慧锷的日本僧人到唐朝来，一是来学佛法，二是来朝拜观音。他来到了当时著名的佛教圣地五台山，和五台山的方丈成了莫逆之交。

有一天，慧锷在大殿后院，见到有尊檀香木雕成的观音佛像。那佛像神态安详，鬓发眉毛均极细腻，栩栩如生。慧锷站在观音佛像前，看了又看，赞了又赞，连方丈叫他吃饭都没听见。方丈见状，便问道："法师认为这尊观音佛像雕得如何？"慧锷连连称赞道："好，好！我这么大岁数了，还是第一次见到如此逼真的佛像哩！这佛像刻功细巧，把观音大士的神态都雕了出来。真是一尊活的大慈大悲的观音菩萨啊！"方丈见他如此喜爱，便笑眯眯地说："如若法师喜欢，就送你供奉吧！"慧锷听了，慌忙合十顶礼。他接过观音佛像，喜不自胜，打算回日本去建寺供养，让日本众生都来朝拜。

这天，慧锷从灵江口扬帆回国，尊请檀香木雕成的观音佛像赴日本。可船行到普陀山，海面突然刮起了大风，船被刮得东倒西歪。慧锷没有办法，只好让船家把船驶进普陀山的一个山岙（ào）里，抛锚落帆，等大风平息后再走。

次日，慧锷扬帆起航，可是船刚驶出山岙，海面上突然升起了一团灰白色的烟雾，阻碍船行。慧锷只好再次回到了普陀山的山岙里等烟雾消散了再走。

第三日，晴空万里，慧锷遂命船家起航东进，可没驶多远，帆船突然停滞不前。他低头一看，只见海面上漂来一朵朵铁莲花，帆船被围在中间不能前行。慧锷大惊，乃跪于观音佛像面前祈告说："如若日本众生无缘见我佛，我定遵照大士所指方向，另建寺院，供养我佛。"

话音未落，忽听得"轰隆"一声，从海底钻出一头铁牛。铁牛边往前游，边吞嚼铁莲。须臾间海面上就出现了一条航道，正好能够通过一条帆船。帆船跟随铁牛身后，沿此航道前进。不久，又听"轰隆"一声响，铁牛沉入海底，铁莲也不见踪影。帆船又回到了普陀山的山岙里。

　　慧锷心想，既然观音菩萨不愿去日本，就在这里造座寺院，让观音菩萨定居在普陀山吧！没多久庵堂造好，佛像供就，慧锷等人朝暮参拜。从此，这尊檀香木雕成的观音佛像就留在普陀山上，那座庵堂，被尊为"不肯去观音院"，相传这是普陀开山供佛之始。

知 识 广 角

观音名称的由来

　　观音，全称观世音，是梵文的意译，又作观自在、观世自在、观音声等，别称救世菩萨、莲花手菩萨、圆通大士等。

　　观音意思就是，世间一切遇难众生只要一心称念该菩萨名号，菩萨就会及时观其音声而前来相救。声音不用听而是去观，此属于佛家所说的"六根互用"。六根，即眼、耳、鼻、舌、身、意六种感官及其功能。如眼根能识色，耳根能听音，鼻根能嗅香，舌根能尝味，身根有所触等。一般凡人，各根各司其职。但佛家神通妙用，六根却可以互用，即六根中任何一根都能替代其他诸根的作用。释迦牟尼佛在六根互用上就达到了极高极圆满的境界。《涅槃经》称："如来一根则能见色、闻声、嗅香、别味、觉触、知法，一根现尔，余根亦然。"

　　观音菩萨也同样具有这种神通，即以目观尘世苦难众生的呼救声而前往解救。观音菩萨大慈大悲，拯救一切苦难众生，故全称大慈大悲救苦救难观世音菩萨，因为避唐太宗李世民讳，略去"世"字，简称观音、大悲，沿用至今。观音又名观自在，见唐玄奘所译《心经》："观自在菩萨，行深般若波罗蜜多时，照见五蕴皆空，度一切苦厄。"观自在的含义，一是表示具有大智慧，能够完全自在地洞察世界，达到事理无碍的境界；二是表示大慈悲，观音菩萨能够应机赴感、循声救苦，从心所欲，无所不能，了无障碍。在民间，将菩萨和众生密切联系在一起的，以观音菩萨最为流行。

观音圣诞

观音是大乘佛教中十分崇奉的一尊菩萨，中国几乎所有的佛教寺院都供有观音像。隋唐以来，民间更是形成了广泛的观音信仰，并逐渐形成了以敬奉观音为主的三个农历宗教节日：

观音诞辰日（农历二月十九），是观音为人的日子。

观音成道日（农历六月十九），是观音证得果位的日子。

观音出家日（农历九月十九），是观音出家的日子。

莲花座

莲花座，是寺院里佛像莲花宝座的名称。

佛经记载，释迦牟尼佛刚生下来就能说话，无人扶持即能行走。他身上发出光芒，目光注视四方，举足行了七步，每步地上都出现一朵莲花。由于释迦牟尼佛出生后伴随最初走的几步，地上现出了莲花，因此莲花就和佛有了密切的关系，成为佛教的标志，具有了神圣的意义。所以，寺院的建筑多用莲花图案作装饰，而佛像的座位更是缺少不了莲花。

《诸经要解》说："故十方诸佛，同生于淤泥之浊，三身证觉，俱坐于莲台之上。"可见，莲花表示由烦恼而至清净，说明它生于淤泥，绽开于水面，出淤泥而不染的深层内涵。同时莲花在炎热夏季的水中盛开，炎热表示烦恼，水表示清凉，也就是说，在烦恼的人间带来清凉的境界。所以莲花是从烦恼中解脱而生于佛国净土的圣人化身。

莲花与佛教所主张的出世人格，有着天衣无缝般的契合。在一般的大小寺庙里，佛和菩萨的雕塑也离不开莲花，不是高踞莲花座上，就是手持莲花注目凝思。就连世人最熟悉的观音菩萨也是以莲为伴，观音的许多形象都是以莲花作为陪衬：白衣观音，左手持莲花，右手作与愿印；卧莲观音，卧于池中莲花之上；施乐观音，右手支颊，左手在膝头捻莲花；一叶观音，乘莲花漂行于水面；威德观音，坐于岩畔，左手持莲花；多罗尊观音，手持青莲花；不二观音，坐于莲叶之上；持莲观音，坐在莲叶上，双手持莲花……所以我们所见的佛像和佛经中，介绍净土佛国的圣贤都以莲花为座，或坐、或站，都在莲花台之上，以代表其清净庄严。

可见，莲花是佛国净土的象征，它所蕴含的清净的功德与清凉的智慧，永远为佛门弟子所崇仰，为世间善众所喜爱。因此寺院里广泛种植莲花。

福寿康宁／佛山年画

佳 作 赏 析

赠荷花

李商隐

世间花叶不相伦①，花入金盆②叶作尘。

惟有绿荷红菡萏③，卷舒④开合任天真⑤。

此花此叶常相映，翠减红衰⑥愁杀人⑦。

注释:

①不相伦：不相比较。意谓世人皆重花而轻叶。伦，同等，同类。

②金盆：铜制的盆。供注水盥洗之用。

③绿荷红菡萏（hàndàn）：绿荷是指碧绿的荷叶。菡萏是指未开的荷花。

④卷舒：形容荷叶的姿态。卷，卷缩。舒，伸展。

⑤天真：天然本性、不加雕饰的本来样子。

⑥翠减红衰：翠者为叶，红者为花，翠减红衰言花叶凋零。翠，指荷叶。红，指荷花。

⑦愁杀人：令人愁苦至极。

译文：

世人总是重视花而不重视叶，将花栽在美观的盆中，任由叶子落入土里化为尘泥。

但只有荷花是红花配着绿叶，荷叶有卷有舒，荷花有开有合，那样完美自然。

荷花与荷叶长期互相照映，一直到荷叶掉落、荷花凋谢，让人惆怅的时候。

作者简介：

李商隐（约813—约858年），字义山，号玉谿生，怀州河内（今河南沁阳）人。晚唐著名诗人。擅长律、绝，诗作文学价值很高，他和杜牧合称"小李杜"，与温庭筠并称为"温李"，因诗文与同时期的段成式、温庭筠风格相近，且三人都在家族里排行第十六，故并称为"三十六体"。著有《李义山诗集》。

心经①

玄奘翻译

观自在菩萨，行深般若②波罗③蜜多④时，照见五蕴皆空，度一切苦厄。舍利子，色不异空，空不异色，色即是空，空即是色，受想行识，亦复如是。舍利子，是诸法空相，不生不灭，不垢不净，不增不减。是故空中无色，无受想行识，无眼耳鼻舌身意，无色声香味触法，无眼界，乃至无意识界。无无明，亦无无明尽，乃至无老死，亦无老死尽。无苦集灭道，无智亦无得。以无所得故，菩提萨埵，依般若波罗蜜多故，心无挂碍，无挂碍故，无有恐怖，远离颠倒梦想，究竟涅槃。三世诸佛，依般若波罗蜜多故，得阿耨多罗三藐三菩提。故知般若波罗蜜多，是大神咒，是大明咒，是无上咒，是无等等咒，能除一切苦，真实不虚。故说般若波罗蜜多咒，即说咒曰：揭谛揭谛，波罗揭谛，波罗僧揭谛，菩提萨婆诃。

注释：

①心经：《般若波罗蜜多心经》，简称《心经》。是佛经中字数最少、含义最深、影响最大的经典。整段话的概略意思是"透过心量广大的通达智慧，而超脱世俗困苦的根本途径"。

②"般若"为梵语音译，指通达妙智慧。

③"波罗"为梵语音译，指到彼岸（不生不灭、不垢不净），有解脱挂碍的意思。

④"蜜多"为梵语音译，意为无极。可联想比如蜜蜂采花酿蜜，能融合众多不同来源成分而归纳为一。

菩萨保平安 / 杨家埠年画

观音/武强年画

观音／平度年画

点悟·絮语

学习观音菩萨的慈悲

见绚法师

观世音菩萨之所以广受世人的信仰，主要原因是菩萨有大慈悲、大智慧、大愿力。所谓"千处祈求千处应，苦海常作度人舟"，若众生遇有灾厄困难时，只要至心称念观世音菩萨圣号，菩萨即循声赴感，无求不应、无苦不拔，因此称为"观世音"。又因菩萨有大智慧，于一切事理悉皆通达无碍，能随类化身，循声拔苦无所障碍，所以称为观自在菩萨。

观世音菩萨，早在无量劫前即已成佛，号为"正法明如来"，因慈愍众生而倒驾慈航，随处应机说法、度化有情。《普门品》说："应以何身得度者即现何身而为说法。"即是菩萨随类化身救度众生的最佳写照。"慈"能予乐，"悲"能拔苦，能拔除众生的苦痛、施与众生欢乐，便是慈悲。菩萨的慈悲是"无缘大慈，同体大悲"，所以行慈悲之时，不会因任何困境而退失菩提心、慈悲心。

一般人也有慈悲心，但是为何无法像观音菩萨一样自在变化呢？若慈悲当中夹杂了私欲、情感，就免不了需要其他条件的配合，当条件不具足时，慈悲心便发不出来了。例如，老师对学生慈悲，但是当学生不听话、不恭敬时，自己是否还能不断地谆谆教导，不觉疲厌呢？或者，因个人的好恶，导致无法做出平等的对待。若欲扩展自己的慈悲心量，当观"一切男子是我父，一切女子是我母"，发愿助他们离一切苦、得究竟乐。

观世音菩萨的慈悲心，包含了清净智慧，慈悲的当下，反闻闻自性，如《楞严经》所说："上合十方诸佛本妙觉心，与佛如来，同一慈力；下合十方一切，六道众生，与诸众生，同一悲仰。"这正是修学菩萨道的行者们所应学习的目标。

第三章

和谐好合

—— *爱情的故事*

来龙去脉

 珍珠塔

　　明代官宦之后方卿，因家遭变故，中途败落，难以度日。方卿为了赴京应试，去向襄阳的姑母陈氏借贷，不料姑母势利，见方卿落魄，便冷言讽嘲：若能得中高官，愿头顶香盘，跪接方卿。方卿借贷不成反遭羞辱，因而愤然告辞。

　　陈氏之女陈翠娥知书达理，她的婢女采萍更是侠义心肠。见方卿愤怒欲行，采萍急忙追出，留住方卿，又将方卿行囊带来给了翠娥，道出夫人苛待方卿的事，翠娥也觉得母亲处事不公，于是把传家宝珍珠塔藏入食盒之中，赠给方卿。方卿辞别后走到九松亭，腹中饥饿，取出翠娥所赠食盒就食，发现珍珠塔，知道是珍宝，甚为感动。后来姑丈陈公追上方卿，劝他一同回去，方卿却执意要走，陈公赞方卿有志气，当面把女儿翠娥许配给他。陈公回家向夫人说起许亲之事，陈氏颇为不满。方卿走到黄州，夜宿一古庙，见一大

花园赠珠 / 潍头年画

　　汉睡在香案下，以为是盗贼，于是奔出古庙，却不想迷失路径，失足落入水中，随身行囊则丢失在断桥之上。陈翠娥知道方卿遇险后，一病不起，陈公情急之下，只好假造方卿书信，抚慰女儿。

　　方卿幸得一过路人相救，并将其收留。之后方卿潜心攻读，三年后得中状元，官封七省巡按。他乔装改扮成道士返回襄阳并试探姑母，望其幡然醒悟。不料姑母本性难移，终于自食其果，羞惭地头顶香盘跪接方卿。方卿感慨地扶起姑母，姑侄间冰释前嫌，方卿与翠娥终结良缘。

珍珠塔前本／桃花坞年画

珍珠塔后本 / 桃花坞年画

珠赠园花

武强

花园赠珠/武强年画

桑园会

《桑园会》又名《秋胡戏妻》《马蹄金》，见于西汉刘向的《列女传》和元朝石君宝的《鲁大夫秋胡戏妻》。我们传统戏曲中多以此题材作为剧目。

相传战国时鲁国大夫秋胡在外为官二十余年，因思念家中老母辞官回乡。他的妻子罗敷一直在故乡养蚕奉母，秋胡

桑园会/武强年画

归乡后在桑园遇到妻子罗敷，罗敷并没有认出自己的丈夫。秋胡故意以带信为名调戏罗敷，试其贞节，罗敷怒而不从，设计脱身归家。等到秋胡至家，罗敷才知道这是自己的丈夫，愤然自缢，经过秋胡母子急救才得以脱险。母亲责备秋胡，命其向罗敷赔礼道歉，夫妻方才和好如初。

铁弓缘

据明人传奇《铁弓缘》记载，太原西门外有一茶坊"豪杰居"，是已故太原守备之女陈秀英与母亲经营的。十六岁的陈秀英相貌出众，武艺超群。陈秀英家中更有一祖传宝弓，只有父亲和秀英可以拉开。父亲临终之时留言："再有拉开此弓者，择其为婿。"

太原府总镇石须龙的牙将匡忠在茶坊比武中获胜，拉开陈家的祖传宝弓，与秀英定下良缘，约定三日后迎娶秀英。谁料石须龙的儿子石伦也看中秀英，于是石须龙石伦父子二人设下毒计，派匡忠押运饷粮，又命人假扮强盗劫走饷粮，之后便将匡忠治罪发配边关。匡忠与秀英二人离别时，表示永不变心。匡忠让秀英母女去结义兄弟王富刚的二龙山处避难。王富刚得知匡忠遭难消息后，便投到太原督抚王元龙部下，伺机查明匡忠之冤，不曾见到秀英母女。

铁弓缘 / 凤翔年画

秀英怒杀石伦后，女扮男装，化名王富刚，在投奔二龙山途中，被王富刚未曾谋面的未婚妻关月英虏上太行山，误以为是真王富刚，便盛情款待，还授予兵权。

秀英率兵攻打太原，斩杀石须龙，又指名叫匡忠出马应战。王元龙让真王富刚出战，二人对阵，却不相识，打得难分胜负。王元龙只好将匡忠由边关调回出战。秀英拿出信物，二人在阵前相认。匡忠和陈秀英，王富刚和关月英，两对璧人终成眷属。

铁弓缘 / 凤翔年画

嫦娥奔月

　　远古的时候，天上同时有十个太阳出现，晒得庄稼枯死，河海枯竭，百姓痛苦不堪。一个名叫后羿的英雄，力大无穷，射术更是无人能敌。他同情受苦的百姓，因此登上昆仑山顶，运足神力，拉开神弓，射下九个多余的太阳，只留下一个太阳按时起落，为民造福。

　　后羿得到百姓的尊敬和爱戴，不少志士慕名前来投师学艺。他娶了个美丽善良的妻子，名叫嫦娥。除传艺狩猎外，后羿终日和妻子在一起，人们都羡慕这对恩爱夫妻。

　　一天，后羿到昆仑山访友求道，巧遇王母娘娘，王母娘娘给他一颗不死药，告诉他说服下此药，能即刻升天成仙。然而，后羿舍不得撇下妻子一人升仙，把不死药交给妻子嫦娥珍藏。嫦娥将药藏进梳妆台的百宝匣里，不料被前来学艺的心术不正的蓬蒙看见了。三天后，后羿率众徒外出狩猎，心怀鬼胎的蓬蒙假装生病留了下来，想偷吃不死药自己成仙。后羿率众人走后不久，蓬蒙便持剑闯入室内，威逼嫦娥交出不死药。嫦娥知道自己不是蓬蒙的对手，当机立断打开百宝匣，一口吞下不死药。吞下药后，嫦娥身子立刻飘离地面，向天上飞去。由于嫦娥牵挂丈夫，便飞落到离人间最近的月亮上成了仙。

嫦娥奔月/凤翔年画

知 识 广 角

江南四大才子

江南四大才子又称"吴门四才子"，是指明朝时期江苏苏州的才华横溢、性情洒脱的四位文人。一般认为是唐伯虎、祝枝山、文徵明和徐祯卿。

唐寅（1470—1523年），字伯虎，号六如居士。明朝画家、书法家和诗人。相传他于成化六年庚寅年寅月寅日寅时生，故此取名唐寅。他自幼天资聪敏，熟读四书五经，博览史籍。

唐伯虎擅画山水、人物和花鸟。山水画主要为雄伟壮阔的崇山峻岭、楼阁溪桥和江山盛景，画中融会贯通多派技法，笔墨细秀，布局疏朗，风格秀逸清俊。人物画则多为仕女及历史故事，人物线条清细，色彩艳丽清雅，体态优美，造型准确；亦擅长写意人物，笔简意赅，饶有意趣。花鸟画多以水墨提炼形象，墨韵明净，洒脱随意。

除绘画外，唐伯虎亦工书法，取法赵孟頫和李北海，用笔秀润缜密，刚柔兼并。唐伯虎文学上亦富有成就，其诗多记游、题画、感怀之作，诗文不拘成法，大量采用口语，通俗易懂，语浅意隽。著有《六如居士全集》。

唐伯虎一直被誉为风流才子，关于他的故事数不胜数，最为有名的就是"唐伯虎点秋香"。据传故事原出于《蕉窗杂录》，后经过明人冯梦龙的《唐解元一笑姻缘》等小说演化成不同的版本。其中一个版本说唐伯虎路遇学士府的丫鬟秋香，一见钟情，不惜抛下家中妻妾和身家财产，进入学士府中为奴，历经种种考验，最后和秋香喜结良缘。历史上的唐伯虎是个穷文人，以卖画为生，艰难度日，而且他并没有

唐伯虎和秋香／桃花坞年画

纳妾，他的原配夫人死于疾病，后娶沈九娘为继室，民间讹传为第九个娘子。除此之外，造成讹传的另一原因，怕就是对那"风流"二字的不同解释了。

祝允明（1460—1526 年），字希哲，因生来右手六指，故自号枝山，又号枝指生。长洲（今江苏苏州）人。明朝书法家、文学家。自幼就显现出多方面的艺术才华。五岁能写一尺见方的大字，九岁会作诗文。明弘治五年（1492 年）中举，任广东惠州府兴宁知县，嘉靖元年（1522 年）官至应天府（今南京）通判，不久称病还乡。

祝枝山家学深厚，善诗文，工书法。其书，隶、楷、行、草诸体均工，尤以草书成就最为特别，其狂草颇受世人赞誉，流传有"唐伯虎的画，祝枝山的字"一说。诗作取材丰富，词语颇妍，文风绮丽，潇洒自如。

书法传世代表作有小楷《出师表》、草书《洛神赋卷》《前后赤壁赋卷》等。著有《怀星堂集》《祝子罪知录》《前闻记》《猥谈》等，撰修《兴宁县志》。

文徵明（1470—1559 年），原名壁，字徵明，以字行，更字徵仲。因先世衡山人，故号衡山居士。曾官翰林待诏，长洲（今江苏苏州）人。明朝书画家、文学家。

文徵明出身于官宦家庭，幼时并不聪敏，但勤勉好学，习经籍诗文，喜爱书画，从吴宽学诗文，从李应祯学书法，从沈周学绘画，文名渐起。然而他在科举道路上却很坎坷，先后十次应举均落第，直至五十四岁，才受工部尚书李充嗣的推荐，以岁贡生进京，经过吏部考核，任翰林院待诏。官场的尔虞我诈使文徵明十分不适应，他怀念昔日的自由生活，终于在三年后请辞归乡，回苏州定居，潜心诗文书画。

文徵明文学艺术造诣极为全面，诗文书画无一不精，人称是"四绝"的全才。文徵明在绘画创作上，山水、人物和花卉等题材无所不长，是"吴门画派"的代表人物，与沈周、唐寅、仇英并称"明四家"。其书法博采众长，尤长行书和小楷，骨力刚健。其诗歌则宗白居易、苏轼，诗风清丽，意蕴悠长，著有《甫田集》。

徐祯卿（1479—1511年），字昌榖，一字昌国，吴县（今江苏苏州）人。明朝文学家。自幼天资聪慧，少时以诗词而闻名。早年学文于吴宽，学书法于李应祯。因"文章江左家家玉，烟月扬州树树花"之绝句而为人称誉，人称"吴中诗冠"。

徐祯卿是明朝中期文学复古运动的先锋，强调文章学习秦汉，古诗推崇汉魏，近体宗法盛唐，与李梦阳、何景明、康海、王九思、边贡和王廷相并称为"前七子"，著有《迪功集》《谈艺录》等。书法亦是一绝，少时草书师怀素，行笔仿苏轼、黄庭坚、米芾，后博采众长，自成一家。

中国古典戏曲

中国戏曲文化源远流长，是世界上三种古老戏剧文化（希腊悲喜剧、印度梵剧、中国戏曲）之一。中国戏曲源自古代散乐歌舞和俳优，是包含文学、音乐、舞蹈、美术和杂技等多种因素，而以音乐和舞蹈为主要表现手段的演出艺术。经过长期的发展演变，中国戏曲逐步形成了以京剧、越剧、黄梅戏、评剧、豫剧、昆曲为代表的中华戏曲宝库，各民族各地区的戏曲剧种达三百余种。

京剧：前身是徽剧。清乾隆五十五年（1790 年）起，原在南方演出的三庆、四喜、春台、和春四大徽班陆续进入北京，于嘉庆、道光年间同来自湖北的汉调艺人合作，同时又接受了昆曲、秦腔的部分剧目、曲调和表演方法，并吸收了一些地方民间曲调，逐渐融合发展，最终形成京剧。京剧形成后在清朝宫廷内快速发展，民国时期得到空前的繁荣，曾称为平剧，新中国成立后又恢复为京剧。腔调以西皮、二黄为主，用胡琴和锣鼓等伴奏，表演唱作念打并重。广为流传的京剧曲目有《霸王别姬》《贵妃醉酒》《群英会》等。

越剧：前身是浙江嵊县（今嵊州）一带流行的说唱形式"落地唱书调"，发展中汲取了绍剧和京剧等特色剧种的表演技巧。越剧唱腔属板腔体，曲调主要有尺调、四工调、弦下调三大类，清悠婉转，长于抒情，声音优美动听，表演真切动人，场景唯美典雅，极具江南灵秀之气。代表剧目有《梁山伯与祝英台》《红楼梦》《孟丽君》等。

黄梅戏：旧称"黄梅调"或"采茶戏"，源于湖北黄梅一带的采茶调，清乾隆末期传入安徽安庆一带，多年逐步发展而成。唱腔主要有花腔和平词。花腔以演小戏为主，富有生活气息和民歌风味；平词，正本戏中的主要唱腔，常用大段的叙述和抒情，韵味丰富，如行云流水。黄梅戏唱腔淳朴流畅，以明快抒情见长，具有丰富的表现力，表演质朴细致，以真实活泼著称。《天仙配》《女驸马》《牛郎织女》等剧目在国内外产生了较大影响。

评剧：早期称"平腔梆子戏""唐山落子""奉天落子"，流行于北京、天津和华北、东北各省。清末以莲花落、蹦蹦为基础，先后吸收河北梆子、京剧等表演艺术形式发展而成。唱腔是板腔体，有慢板、二六板、垛板和散板等多种板式。伴奏以板胡为主。以唱工见长，吐字清楚，唱词浅显易懂，表演富有浓厚的生活气息，有亲切的民间味道，形式自由活泼，善于表现当代人民生活，因此深受观众喜爱。代表作品有《刘巧儿》《小二黑结婚》《小女婿》等。

豫剧：亦称"河南梆子""河南高调"，流行于河南及邻近各省的部分地区。山陕梆子传入河南以后，吸收了当地的民间小调等艺术形式的精华，并受到了昆曲、弋阳腔、皮黄腔等外省剧种的影响，在乾隆年间正式形成具有河南特色的剧种。板腔体结构。板式有二八板、慢板、飞板等。以梆子击打节奏，板胡为主要伴奏乐器。唱腔铿锵大气、抑扬有度、行腔酣畅、吐字清晰、韵味醇美，善于表达人物内心情感。深受大家喜爱的剧目有《花木兰》《穆桂英挂帅》《白蛇传》等。

昆曲：亦称"昆山腔""昆腔""昆剧"。早在元朝末期产生于昆山（今属苏州）一带，至明朝嘉靖年间，吸收海盐、弋阳等腔和当地民间曲调而再加丰富，是明清时期戏曲中影响最大的声腔剧种。昆曲曲调舒徐婉转，伴奏乐器为笛、箫、笙、琵琶和鼓、板、锣等，以演唱传奇剧本为主，唱腔悠远委婉，动作细腻优美，歌唱与舞蹈的身段结合得巧妙而谐和，是一种集歌、舞、介、白各种表演手段相互配合的综合艺术。昆曲总结过去舞台艺术表演经验，创造了中国古代完整的民族戏曲表演体系。很多剧种都是在昆剧的基础上发展起来的，故昆曲有"中国戏曲之母"的雅称。经典剧目有《牡丹亭》《桃花扇》《鸣凤记》等。

宝钗扑蝶／桃花坞年画

黛玉葬花 / 桃花坞年画

佳 作 赏 析

枉凝眉^①

曹雪芹

一个是阆苑仙葩^②，一个是美玉无瑕^③。若说没奇缘，今生偏又遇着他；若说有奇缘，如何心事终虚化^④？

一个枉自嗟呀，一个空劳牵挂^⑤。一个是水中月，一个是镜中花^⑥。想眼中能有多少泪珠儿，怎经得秋流到冬尽，春流到夏！

注释：

①此曲写宝、黛的"爱情理想"因变故而破灭，林黛玉的泪尽而逝。曲名《枉凝眉》，意思是悲愁有何用，也即曲中所说的"枉自嗟呀"。凝眉，皱眉，悲愁的样子。

②阆（láng）苑仙葩：指绛珠仙子林黛玉。阆苑，传说中神仙所住的地方。仙葩，仙花。

③美玉无瑕：指神瑛侍者贾宝玉。

④虚化：不现实，化为乌有。

⑤一个枉自嗟呀，一个空劳牵挂：一个常因宝玉而流泪（指黛玉），一个常因黛玉而感叹（指宝玉）。这句指宝玉对黛玉诉肺腑等事。嗟呀，

因悲伤而叹息。牵挂，在情况不明时对人的想念。

　　⑥一个是水中月，一个是镜中花：水中月、镜中花都是虚幻的景象，暗指宝、黛的爱情不能成为现实。

译文：

　　林黛玉，绛珠仙草转世，贾宝玉，神瑛侍者转世。如果两人没有前世奇妙缘分，今生又怎能彼此相遇。如果两人有前世缘分，那怎么婚事（林黛玉）、知己（贾宝玉）的梦却又化为乌有？

　　一个常常为宝玉流泪，一个常常为黛玉感叹。一个是照在水中的明月，一个是映入镜中的鲜花。宝玉与黛玉的"爱情"终究如镜花水月一样不能成为现实。想想还有多少眼泪，怎能经得住岁月的摧残，从秋流到冬，又从春流到夏。

作者简介：

　　曹雪芹（约 1715— 约 1763 年），名霑，字梦阮，号雪芹、芹圃、芹溪。清朝小说家。满洲正白旗包衣（奴仆），从曾祖父起三代世袭江宁织造一职达六十年之久。后来父亲曹頫因政治斗争受株连，被革职抄家。家庭的衰败使曹雪芹饱尝了人生的辛酸。他历经十年创作了长篇名著《红楼梦》。该书内容丰富、情节曲折、思想深刻，描写了贾府由盛而衰的过程，以及贾宝玉与红楼女子等人的悲剧命运，隐含曹氏家族的背景和作者的人生体验，是中国古典长篇小说中成就最高的现实主义作品。

子衿

《诗经·郑风》

青青子衿^①，悠悠我心。纵我不往，子宁不嗣音^②？

青青子佩^③，悠悠我思。纵我不往，子宁不来？

挑兮达兮^④，在城阙^⑤兮。一日不见，如三月兮。

注释：

①子衿：古时读书人的服装。子，男子的美称。衿，即襟，衣领。

②嗣（yí）音：传音讯。嗣，通"贻"，给、寄的意思。

③佩：这里指系佩玉的绶带。

④挑（táo）兮达（tà）兮：独自来回走动的样子。

⑤城阙：城门楼。

译文：

青青的是你的衣领，悠悠的是我的心境。纵然我不曾去找你，难道你就从此断音信？

青青的是你的佩带，悠悠的是我的情思。纵然我不曾去找你，难道你不能自己来？

独自一人徘徊眺望，在这高高城楼上啊。一天不见你的面，就好像三月那么长啊！

宝黛共读 / 杨柳青年画

贾宝玉和林黛玉／潍县年画

点悟·絮语

在我看来，真正的爱情是表现在恋人对他的偶像采取含蓄、谦恭甚至羞涩的态度，而绝不是表现在随意流露热情和过早的亲昵。

——马克思

友谊和爱情之间的区别在于：友谊意味着两个人和世界，然而爱情意味着两个人就是世界。在友谊中一加一等于二；在爱情中一加一还是一。

——泰戈尔

第四章

天人合一

——天河配的故事

来 龙 去 脉

天人合一思想的起源、发展及其内涵

　　天人合一的思想起源于先秦时代，汉朝董仲舒曾说："以类合之，天人一也。"又说："天人之际，合而为一。"明确提出天人合一的是张载，他说："儒者则因明致诚，因诚致明，故天人合一，致学而可以成圣，得天而未始遗人。"又说："合内外，平物我，自见道之大端。"

　　强调人与自然和谐相处的天人合一思想，是中华文明的精髓。天人合一是中国传统文化的一个最基本问题，是中西文化差异的焦点。它在中华文明的起源、形成和发展过程中，具有重要意义。

　　原始社会末期，生产力低下，人类只能在大自然中与山川、鸟兽以及草木为伍。基本的生活来源主要靠采集果实、猎取鸟兽来艰难度日。中华先民认为，世间万物都有灵魂，且受神灵护佑。在瞬息万变的大自然面前，人们自然会产生一种敬畏和依赖的感情。这时的人们还不可能意识到自己是大自然的主宰，只是感到自己是大自然的一部分而已。因此，当时的人们与大自然融为一体、和谐相处是一种必然的选择。这就是"天人合一"思想产生的社会背景和思想基础。

强调人与自然和谐相处的"天人合一"观念，是数千年来中国农业文明的产物。自古以来，中国都是农业社会，百姓靠天吃饭。庄稼，种它的是人，生它的是地，养它的是天。土地是人类生存的根本。人以土为本，以水为命，顺天时，因地利，靠人和，这是中国农业文化的特点。

关于中国传统文化中的"天"，哲学家冯友兰先生认为主要有五种含义：第一种是"物质之天"，就是指日常生活中所看见的苍苍者，即与地相对的天，就是我们现在所说的天空；第二种是"主宰之天"或"意志之天"，就是指宗教中所说有人格、有意志的"至上神"；第三种是"命运之天"，就是指旧社会中所谓运气；第四种是"自然之天"，就是指唯物主义哲学家所谓自然；第五种是"义理之天"或"道德之天"，就是指唯心主义哲学家所虚构的宇宙的道德法则。这五种含义中最基本有两个方面：自然方面的"天"和精神领域的"天"。前者是基础，起决定作用，但是后者一旦生成又对前者进行意义建构，使自然的无生命无情感的"天"获得存在的意义和价值。这里的"天"实际上就是"人"，是"人"的一种外在化或对象化形式。

中国人最基本的思维方式，具体表现在天人关系上。在儒家看来，天是道德观念和原则的本原，人心中天赋地具有道德原则，这种天人合一乃是一种自然的、但不自觉的合一。但由于人类后天受到各种名利、欲望的蒙蔽，不能发现自己心中的道德原则。在禅宗看来，人性本来就是佛性，只缘迷于世俗的观念、欲望而不自觉，一旦觉悟到这些观念、欲望都不是真实的，真如本性自然显现，也就达到最后成佛的境界，因此，他们提出"烦恼即菩提，凡夫即佛"。在道家看来，天是自然，人是自然的一部分。因此庄子说"有人，天也；有天，亦天也"，天人本是合一的。但由于人制定了各种典章制度、道德规范，使人失去了原来的自然本性，变得与自然不协调。人类的终极目的，便是"绝圣弃智"，打碎这些加于人身的藩篱，将人性解放出来，重新复归于自然，达到一种"万物与我为一"的精神境界。

天人合一强调的是天与人、人与人、人与社会的自然和谐关系，倡导把人看作宇宙自然的一部分，在实践中达到主观与客观、情感与理性、权利与义务、个体与社会的和谐统一。天人合一的思想，在今天仍是我们值得借鉴的重要思想，对于我们构建社会主义和谐社会、提高个人修养、传承中华文明精髓，都有着重要的现实意义。

天河配

　　牛郎织女的故事是中国古代著名的民间爱情故事，也称天河配。相传天上有个织女星，还有一个牵牛星。织女和牵牛情投意合，心心相印。可是，天条律令是不允许仙界男女私自相恋的，王母便将牵牛贬下凡尘，责令织女不停地织云锦以作为惩罚。

　　自从牵牛被贬之后，织女常常以泪洗面，愁眉不展地思念牵牛。她坐在织机旁不停地织着美丽的云锦，希望王母能够大发慈心，让牵牛早日返回天界。

　　一天，几个仙女向王母恳求去人间碧莲池一游，她们见织女终日苦闷，便一起向王母求情，让织女和她们一同下凡游玩。王母也心疼受惩后的织女，便同意织女和她们一起去，并让她们速去速归。

　　话说牵牛被贬之后，投胎在一个农民家中，因为以放牛为生，人们就叫他牛郎。后来父母去世，他便跟着哥嫂度日。哥嫂待牛郎非常刻薄，后来与他分了家，只给了他一头老牛和一辆破车，其他的家产都被哥嫂独占了。

　　从此，牛郎和老牛相依为命，在荒地上耕田种地、盖造房屋。一两年后，才有了一个属于自己的小小的家，勉强可以糊口度日。可是，除了那头不会说话的老牛以外，家里冷

天河配 / 凤翔年画

冷清清只有牛郎一个人，日子过得非常寂寞。

这一天，老牛突然开口说话了，它对牛郎说："牛郎，你今天去碧莲池一趟，那儿会有些仙女来洗澡，你把那件红色的仙衣藏起来，穿红仙衣的那位仙女就会成为你的妻子。"牛郎见老牛口吐人言，既惊奇又高兴，便问道："老牛，你真的会说话吗？你说的都是真的吗？"老牛点了点头，牛郎便悄悄躲在碧莲池旁的芦苇丛里。不一会儿，仙女们果然翩然而至，脱下各色仙衣，纵身跃入碧莲池中。牛郎便从芦苇丛里跑出来，拿走了那件红色的仙衣。仙女们发现有人来了，忙乱纷纷地穿上自己的仙衣，匆匆忙忙地飞走了，只剩下一个没有仙衣无法逃走的仙女，她正是织女。织女见自己的仙衣被一个男子抢走，又羞又急，却又无可奈何。这时，牛郎走上前来，对她说，只要她答应做他妻子，他就将仙衣还给她。织女定睛一看，才发现牛郎便是自己日思夜想的牵牛，又惊又喜，便答应了他。这样，织女便成了牛郎的妻子。

婚后他们相亲相爱，男耕女织，辛勤劳作，日子过得非常美满幸福。不久，他们生下了一儿一女，十分可爱。牛郎织女满以为能够厮守终生，白头到老。可是，王母发现这件事后，勃然大怒，马上下令派遣天兵天将把织女捉回天庭问罪。

这一天，织女正在做饭，本已下地干活的牛郎匆匆赶回，红肿着眼睛告诉织女："老牛死了，它临死前说，要我在它死后，将它的牛皮剥下收好，有朝一日，我披上牛皮，就可飞上天去。"织女一听，心中很纳闷，她知道老牛就是天上的金牛星，只因替被贬下凡的牵牛说了几句公道话，受牵连被贬下天庭，它怎么会突然死去呢？不过织女还是让牛郎剥下牛皮收好，并好好埋葬了老牛。

正在这时，天空突然狂风大作，天兵天将从天而降，不容分说，就押解着织女飞上了天空。正飞着，织女听到了牛郎的声音："织女，等等我！"织女回头一看，只见牛郎挑一对箩筐，里面分别装着两个儿女，披着牛皮飞赶来了。慢慢地，他们之间的距离越来越近了，织女可以看清儿女们可爱的模样，孩子们都张开双臂，大声呼叫着"妈妈"。眼看牛郎和织女就要相逢了，可就在这时，王母驾着祥云赶来，她拔下头上的金簪，往他们中间一划。霎时间，一条天河波涛滚滚地横在了织女和牛郎之间，无法横越了。

织女望着天河对岸的牛郎和儿女们，哭得声嘶力竭，牛郎和孩子们也哭得死去活来。他们的哭声是那样撕心裂肺、催人泪下。连在旁观望的仙女、天兵天将们都觉得心酸难过，于心不忍。见此情景，王母也稍稍为牛郎织女的坚贞爱情所感动，便同意让牛郎和孩子们留在天上，允许每年七月初七，让他们相会一次。从此，牛郎和他的儿女就住在了天上，隔着一条天河，和织女遥遥相望。

每年的七月初七，牛郎织女相会之日，无数成群的喜鹊飞来为他们搭桥。织女和牛郎走上鹊桥，深情相对，搂抱着他们的儿女，诉说着无尽的绵绵情意和浓浓思念。

现在我们仰望星空，就会发现银河两边有两颗较大的星星，晶莹地闪烁着，那便是织女星和牵牛星，和牵牛星在一起的还有两颗小星星，据说那便是牛郎织女的一儿一女。

牛郎织女的故事成为我国很多地方戏曲表演的保留节目，借由这些地方戏曲，尤其是黄梅戏《天河配》，牛郎织女的故事传播到中国大地的各个角落，溶入每个中国人的血液中。

天河配讲述的其实就是天人合一、人神合一、人与自然合一的关于和谐的故事，很多外国友人看过中国《天河配》的相关戏剧后，都感慨这是中国五千年历史文明的体现。

天河配之织女讨衣 / 潍县年画

天河配之织女回天 / 潍县年画

天河配之王母划河／潍县年画

天河配之七夕相会／潍县年画

知 识 广 角

 七夕的来历

　　每年农历七月初七，是中国传统的乞巧节，这是纪念牛郎织女相聚的节日，也是中国最具浪漫色彩的传统节日。首批国家级非物质文化遗产名录评介七夕节时有这样含情的表述："有两千多年的历史渊源，有遍及神州的民俗基础，有牛郎织女的忠贞形象和优美故事，有丰富多彩的文学艺术，积淀着深厚的民族文化、民族心理和民族精神。"

　　传说在七夕的夜晚，人们抬头便可以看到牛郎织女的银河相会，或在瓜果架下可偷听到两人在天上相会时的脉脉情话。女孩们在这个充满浪漫气息的晚上，摆上时令瓜果，朝天祭拜，对着天空的朗朗明月，乞求天上的仙女能赋予她们聪慧的心灵和灵巧的双手，让自己的针织女红技法娴熟，更乞求爱情婚姻的姻缘巧配。婚姻对于女性来说是决定一生幸福的终身大事，所以，世间无数的有情男女都会在这个晚上，于夜深人静时刻，对着星空祈祷自己姻缘美满。

　　最早将七夕跟爱情联系起来的是汉武帝。据传汉武帝的生日是七月初七，汉武帝跨时空与西王母相会五次，都是在自己生日七夕这一天。到了唐朝，白居易的《长恨歌》里有名句："七月七日长生殿，夜半无人私语时。"私语什么呢？"在天愿作比翼鸟，在地愿为连理枝。天长地久有时尽，此恨绵绵无绝期。"从诗中可以看出唐明皇跟杨贵妃也是在七月初七对星空盟誓。

牛郎织女／开封年画

王母娘娘

西王母，尊称王母娘娘，在汉朝时成为重要的汉族民间信仰，该信仰中包含的长生不老理念也符合道教对长生的追求。

在中国上古时代的神话传说中，王母的全称即为西王母，中国几部最古老的著作中都有关于她的记载，据说西王母原是掌管灾疫和刑罚的上古女神。《山海经》记录的西王母的形象是："西王母其状如人，豹尾虎齿而善啸，蓬发戴胜，是司天之厉及五残。"意思就是西王母样子像人，长着豹子尾巴和老虎牙齿，会用像野兽一样的声音吼叫呼啸，蓬散着头发，戴着玉胜这种头饰，是上天派来掌管瘟疫、疾病、死亡和刑杀的神。但也有神话版本说，《山海经》中言西王母人身虎齿，豹尾蓬头云云，乃是西王母使者西方白虎之神，非西王母之形。

东汉末年，道教兴起，把作为上古先祖神祇的王母娘娘纳入道教神话体系，并且逐渐演变为高贵的女神。在后来的许多中国古代著作中，她开始成为天上的一位帝王，是人类幸福和长寿之神，还传说她拥有能使人长生不老的神药，著名的月中仙女嫦娥就是因为吃了她的神药而飞到月亮上的。道教把王母娘娘的地位抬得很高，为道教统领三界所有女神仙的祖师，与东王公分别对男女神仙进行管理。

明降清后，王母娘娘在民间善男信女中的地位非常之高，影响遍及整个中国。北京的蟠桃宫本叫太平宫，在东便门内，宫内主祀王母娘娘，每年农历三月初三有著名的蟠桃会，届时百戏竞演，热闹非凡。

《西游记》中说到王母娘娘的仙桃非同凡响：三千年一熟，人吃了成仙得道；六千年一熟，人吃了长生不老；九千年一熟，人吃了与天地齐寿，与日月同庚。王母娘娘举办盛大的蟠桃会，邀请各路神仙前来赴会。齐天大圣孙悟空从仙女口中听到这次蟠桃会名单中没有他，一怒之下，竟然视天条如儿戏，不仅偷吃了蟠桃，还大闹蟠桃会，把王母娘娘精心策划的盛会搅得一塌糊涂。天庭之主玉皇大帝盛怒之下，派天兵天将下凡，与孙悟空一番大战。

王母娘划天河一年一会 / 潍县年画

佳 作 赏 析

秋夕①

杜牧

银烛②秋光冷画屏，轻罗小扇③扑流萤。

天阶④夜色凉如水，坐看⑤牵牛织女星。

注释：

①秋夕：秋天的夜晚。

②银烛：银色而精美的蜡烛。

③轻罗小扇：轻巧的丝质团扇。

④天阶：露天的石阶。

⑤坐看：坐着朝天看。

译文：

萧瑟的秋夜，精美的银色蜡烛发出微弱的光芒，给画屏上添了几分清冷之色；一位宫女手执绫罗小扇，轻轻地扑打那些飞舞的萤火虫。

宫内台阶上的夜色，清凉如水；坐着抬头仰望星空，牵牛星正遥望着织女星。

作者简介：

杜牧（803—853年），字牧之，京兆万年（今陕西西安）人。唐朝杰出的诗人、散文家。唐文宗大和二年（828年），二十六岁时中进士，授弘文馆校书郎。后赴江西观察使幕，转淮南节度使幕，又入观察使幕，历任国史馆修撰，膳部、比部、司勋员外郎，黄州、池州、睦州刺史等职。

杜牧的诗歌以七言绝句著称，内容以咏史抒怀为主，其诗英发俊爽，多切经世之物，在晚唐成就颇高。后人称杜甫为"老杜"，称杜牧为"小杜"，把杜牧与李商隐并称"小李杜"。因晚年居长安南樊川别墅，故后世称"杜樊川"，著有《樊川文集》。

鹊桥仙·纤云弄巧

秦观

纤云弄巧①，飞星②传恨，银汉③迢迢暗度。金风玉露④一相逢，便胜却人间无数。

柔情似水，佳期如梦，忍顾⑤鹊桥归路。两情若是久长时，又岂在朝朝暮暮⑥。

注释：

①纤云：轻盈的云彩。弄巧：指云彩在空中幻化成各种巧妙的花样。

②飞星：流星。一说指牵牛、织女二星。

③银汉：银河。

④金风玉露：指秋风白露。

⑤忍顾：岂忍回视。

⑥朝朝暮暮：指朝夕相聚。

译文：

纤薄的云彩幻化着巧妙的图案，飞驰的流星传递着相思的愁怨，遥远无垠的银河今夜牛郎织女悄悄渡过。在秋风白露的七夕相会，却胜过尘世间那些长相厮守的夫妻。

柔情似流水般绵绵不断，短暂的相会如梦影般缥缈虚幻，分别之时不忍去看那鹊桥路。只要两情至死不渝，又何必贪求卿卿我我的朝欢暮乐呢。

作者简介：

秦观（1049—1100年），字少游，又字太虚，号淮海居士。扬州高邮（今属江苏）人。北宋词人。曾任秘书省正字、国史院编修官等职。因政治上倾向于旧党，被目为元祐党人，宋哲宗绍圣后遭贬谪。文辞为苏轼所赏识，为"苏门四学士"之一。工诗词，词风委婉含蓄，清丽雅淡。诗风与词相近。有《淮海集》《淮海居士长短句》等著作。

天河配 / 潍县年画

七月七鹊桥会／潍县年画

点悟·絮语

有人说自然、宇宙、世界就像人一样，具有气、急、怕、恨心理，一样具有七情六欲，它们本身就像一个活生生的人。即自然与人一样，有意识、有感情、有好恶。人与自然永不断的交往，有紧密的接触就应该有亲密的关系，人要尊重天，天才会尊重人，这就要求人要爱天，天要爱人。人一定要与天有感情，有友谊，有互助，有合作，这样人与天才能和睦相处。

当今世界，利欲熏心，物欲横流，片面强调去改造自然、征服自然、利用自然。这种强烈的占有和奴役万物、企图主宰宇宙万物的做法，导致了对自然资源的盲目开采和生态环境的严重破坏。目前，珍视人类的生存环境，向大自然回归的呼声日高。西方国家陆续创立了环境伦理学、生态伦理学、生态文化学、生态文明学等一批新兴学科。这些姗姗来迟却方兴未艾的科学理论与中国的天人观惊人地吻合。在某种意义上，它们的不约而同也意味着在自觉不自觉地从中国的天人合一中汲取营养，因为天人合一早就展示了人与自然关系的终极归宿和最高境界。

第五章

悲悯情怀

——老鼠娶亲的故事

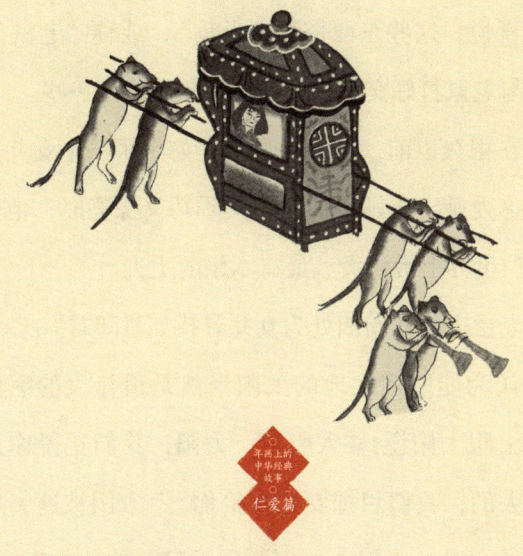

来 龙 去 脉

老鼠娶亲

相传正月初三晚上是"老鼠娶亲"的大日子，会听到老鼠吱吱叫的声音。人们为了不打扰老鼠娶亲的喜事，在当晚都会尽量提早熄灯就寝，并且在家中的厨房或老鼠常出入的角落，撒上一些米粮、糕饼与老鼠共享新婚的欢乐和一年来丰收的喜悦，这些东西俗称"米妆"，或称"老鼠分钱"，人们希望与老鼠打好交道以求新的一年鼠害少一些。

传说在很久以前，有一对老鼠夫妇生了一个女儿，他们一直非常疼爱她。当她长大变得又乖巧又漂亮时，他们就想为她找一位世界上最伟大、最有本领的丈夫。

于是老鼠夫妇开始四处为女儿寻找如意郎君。

他们认为能照耀大地的太阳当然是最伟大的啊！于是他们就跑去跟太阳说："太阳啊，太阳，我们觉得你是这世界上最伟大的，我们想把女儿嫁给你。"太阳被这突如其来的问题吓了一跳，心想：如何脱困是好？他急中生智地说：

"谢谢你们看得起我，但我不是这世界上最伟大的，只要云一来我就会被遮住看不见，所以云比我厉害。"

老鼠夫妇认为也有道理，便跑去向云说："云啊，云，我们觉得你是这世界上最伟大的，我们想把女儿嫁给你。"云暗中叫苦，怪太阳将他一军。云也想把这个烫手山芋丢出去，云的脑子灵光一现，为难地说："我才不是这世界上最伟大的，只要风一来我就被吹跑了。"

老鼠夫妇有点失望，便跑去找风。风也暗骂云把他拉入旋涡中，于是硬推托说："我可不是什么伟大的，因为墙能把我挡住，墙才是最了不起的。"

老鼠夫妇为了女儿的终身幸福，只好又风尘仆仆地跑去找墙。墙最了解天下父母心，不忍心他们再次被拒绝受伤害，于是心生善念，想到一个两全其美的办法，就装着苦瓜脸说："我才不是这世界上最伟大的，我最怕你们老鼠了，老鼠会在我身上打洞啊！"老鼠夫妇才恍然大悟，原来我鼠辈才是世界上最伟大的啊！于是即刻回家，抛绣球选老鼠女婿。总算在大年初三，选了一个青年才俊老鼠做女婿，把宝贝女儿嫁了过去，从此过着幸福的生活。

因为怕打扰到老鼠娶亲的喜事，所以人们每到大年初三就要早睡晚起，因此过年歌谣中也说："初一早，初二早，初三睡到饱。"

老鼠娶亲 / 滩头年画

老鼠娶亲 / 滩头年画

老鼠嫁女节

正月十五在彝民山寨里被称为"老鼠嫁女节"。传说在远古时代洪水泛滥，仅有伏羲姐妹因躲进葫芦而幸免于难。可是，当洪水退却后，她们却出不来了，是老鼠啃破葫芦，才将她们放出，人类因此才得以繁衍生息。古老的彝族山歌中至今还保留着"子鼠啃破红香木，露出王母绣花鞋""盘古出来开天地，伏羲姐妹闹人烟"之类的唱词。这大概就是由老鼠救人类祖先这一传说演化而来的吧。

至今，还有彝民认为老鼠使人类获得了新生，与人分享粮食是应该的。一些地区的彝民甚至以为盖房起屋后，如果没有老鼠做伴是件憾事。在他们看来，只有老鼠愿来之地才是吉地佳处，人居住之后才会丰衣足食，无灾无难。

更值得玩味的是，彝语中老鼠叫"黑"或"阿黑"，而日子叫"黑妮"，意即"老鼠的日子"。不难发现，在彝民敬鼠的背后，隐藏着一个重要的原始观念：人类的社会生活是从老鼠啃破葫芦放出伏羲姐妹开始的。

老鼠嫁女传说的文化含义

一般认为，人们在老鼠嫁女日的行事与禁忌实质上是一种祀鼠活动，而各种鼠婚故事、歌谣以及年画剪纸等民间工艺品，是对祀鼠活动所做的解释。

　　老鼠是怎样成为人们奉祀或崇拜的对象呢？大约有如下两种原因：一是图腾崇拜，如认为古代有些氏族以鼠为图腾。二是关于老鼠的感生神话，如汉族《十二属的传说》称，老鼠有打开天地、化生万物的神通；彝族神话《葫芦里出来的人》称，人类起源于葫芦，而葫芦原是密封的，是老鼠在葫芦上咬开一个洞，人类得以出世；瑶族神话《谷子的传说》、畲族神话《稻穗为何像老鼠尾巴》称，是老鼠帮助人类取来了稻种，这些传说均反映出老鼠在古人的动物神崇拜中的特殊地位。至于老鼠嫁女与老鼠崇拜之间的关系，有的民俗学家认为这是古人对老鼠表示尊敬或友好的习俗的遗留。

　　有人认为，作为民俗文化事象的老鼠嫁女，表达了民众根绝鼠患的愿望，之所以采用"遣嫁"方式，是因对鼠患充满畏惧，于是以提供食物、熄灯禁光等迎合鼠类习性喜好的献媚行为来掩饰真实目的，这是一种在矛盾心态中的趋利避害的选择。如美术史家王树村认为，古代没有统一的"灭鼠日"，立春之后为老鼠繁殖期，为免遭鼠害，人们绘制"老鼠娶亲"图，实际行动则是夜晚熄灯灭火，骗稚儿早睡，以诱老鼠出洞捕杀之（《老鼠娶亲》，《中国文物报》1996年2月18日）。马昌仪认为，嫁灾观念，由来已久。《方言一》："嫁，往也。自家而出谓之嫁，由女而出为嫁也。"所谓嫁灾、嫁非、嫁鼠，包含有把灾祸、是非、鼠虫逐出家门的意思。

民间风俗中为老鼠择日婚嫁的日期大多在腊月二十三到正月二十五，此时正是鼠类繁殖的高峰季节，送鼠出嫁，意味着送鼠"自家而出"，从人们的心理来看，便可达到杜绝鼠患的目的；另一方面，老鼠嫁女又是岁时文化信仰的产物。鼠属子，为十二支之首，"子为阴极，幽潜隐晦，以鼠配之"。子鼠为极阴的象征，而腊月至正月，正是新旧岁时交替时刻，故选择这一时段嫁鼠，具有除旧布新、送阴迎阳、祛灾纳吉的象征意义。

老鼠娶亲／高密年画

老鼠娶亲 / 平阳年画

知 识 广 角

 民间歌谣

大红喜字墙上挂，老鼠女儿要出嫁。

女儿不知嫁给谁，只得去问爸和妈。

爸妈都是老糊涂，争来争去才定下：

谁最神气嫁给谁，女儿自己去挑吧！

鼠女听罢仔细想，最神气的是太阳，

太阳高高挂天上，光芒万丈照四方。

鼠女求嫁找太阳，太阳急忙对她讲：

乌云能把我遮挡，嫁给乌云比我强。

鼠女又去找乌云。乌云说：

大风能把我吹散，大风来了我胆战。

鼠女又去找大风。大风说：

围墙能挡我的路，我见围墙心打怵。

鼠女又去找围墙。围墙说：

老鼠打洞我就垮，见了老鼠我害怕。

鼠女听罢猛想起，老鼠的天敌是猫咪，

看来猫咪最神气，我要与他定婚期。

婚期定在初七夜，鼠女出嫁忙不迭，

大红花轿抬新娘，群鼠送亲喜洋洋。

新娘刚到猫咪家，猫咪一口就吞下。

猫说新娘怕人欺，为保平安藏肚里。

过年风俗——贴年画

年画是中国一种古老的民间艺术，它反映了民众的风俗和信仰，寄托着人们对未来的希望。春节贴年画是我国的传统风俗，年画不仅给千家万户平添了许多兴旺欢乐的喜庆气氛，而且具有祈福、装点居所的民俗功能。

和春联一样，年画也起源于"门神"。随着木版印刷术的兴起，年画的内容变得丰富多彩，在一些年画作坊中产生了《福禄寿三星图》《天官赐福》《五谷丰登》《六畜兴旺》《迎春接福》等经典的彩色年画，以满足人们喜庆祈年的美好愿望。

我国年画的三大产地分别为：苏州桃花坞、天津杨柳青和山东潍坊。它们形成了中国年画的三大流派，各具特色。

老鼠娶亲／潍县年画

现今我国收藏最早的年画是南宋《隋朝窈窕呈倾国之芳容》的木刻年画，画的是王昭君、赵飞燕、班姬和绿珠四位古代美人。民间流传最广的是关于《老鼠娶亲》的年画，描绘了老鼠依照人间的风俗迎娶新娘的有趣场面。民国初年，上海画家郑曼陀将月历和年画二者结合起来，形成年画的一种新形式。这种合二为一的年画，以后发展成挂历，风靡全国。

十二生肖的故事

关于十二生肖的来历，有很多种传说，但在民间流传最广的是这样一则神话故事——传说玉皇大帝想选出十二种动物作为代表，然后他就派神仙下凡跟动物们说了这件事，并定于在卯年卯月卯日卯时到天宫来竞选，来得越早的排得越靠前。

那个时候猫和老鼠还是好朋友。猫爱睡懒觉但他也想被选上，所以就让老鼠叫他早起。可是老鼠一转头就忘记了。老鼠去找老牛，说老牛起得早跑得快，叫老牛到时候带带他，老牛答应了。那个时候的龙是没有犄角的，而鸡是有犄角的。龙就跟鸡说，鸡已经很漂亮了，用不着犄角，叫鸡借给他用。鸡一听龙的奉承，很高兴，就把犄角借给了龙，并叫龙竞选后记得按时还他。龙满口答应了。

　　到了卯年卯月卯日卯时，众动物纷纷赶向天宫，而猫却还在睡觉。老鼠坐在牛背上，最后的关键时刻，老鼠"噌"地一跳最先到达。玉皇大帝就说老鼠最早到达，让老鼠排第一；老牛排第二；老虎随后也到了，排第三；兔子也到了，排第四；龙来得很晚，但他个儿大，玉皇大帝一眼就看到了他，并看他这么漂亮，就让他排第五，还说让他的儿子排第六，可龙很失望，因为他儿子今天没来，这时后面的蛇跑来说："他是我干爸我排第六！我排第六！"蛇就这么排了第六；马和羊先后也到了，排了第七第八；猴子本来落在后面的，可是他凭自己会跳，就拉着天上的云朵跳到了前面，排到了第九；接着鸡狗猪也纷纷被选上。

　　竞赛结束后猫才醒来，从此猫非常怨恨老鼠，看见老鼠就要吃掉，老鼠也自知理亏，只好四处逃跑。竞赛结束后龙来到大海边，看到有犄角的自己比以前漂亮多了，就不准备把犄角还给鸡了。为了躲鸡，他从此就消失在人间。

月老的故事

　　唐朝有个叫韦固的小伙子，父母双亡，想早点娶媳妇。有一次外出，途中住在宋城南店，看到一位老人身背一口袋在月光下看书。韦固探头去看，怎么也看不明白。心想：我也读过点书，怎么不认识书上的字呢？便问老人是什么书。老人说，是婚牍，是写谁娶谁、谁嫁谁的。又问口袋里是什么，说是红绳子，用来系夫妇脚腕的，说是系住就跑不了，无论在哪儿，总要结为夫妇。韦固听后急着问自己的婚事，老人告诉他其妻是店北卖菜瞎老婆子的女儿，现在才三岁，要等到十七岁时才能成亲。韦固跑去一看是个丑女孩，一怒之下便派人刺伤了女孩的眉际。十四年后，韦固做了相州参军，刺史王秦很赏识韦固，把女儿许配给了他。婚后，女子眉间常贴个花贴子，一问才知是过去被他派人刺伤的女孩，后被郡守收养。后来韦固与这位女子恩爱至笃。由此，后人称媒人为月老（即月下老人之意），称定婚的男女为赤绳所系。

中国传统结婚风俗

媒人

媒人，古称媒妁，是从中谋合，使两姓之家结为儿女亲家的中间人。在历史上媒人有许多别称，例如月老、红娘、冰人等，说媒也称执柯、作伐等。

早在《诗经》中就多次提到媒人，如《卫风·氓》中就有"匪我愆期，子无良媒"的诗句。而《三国志》中亦有媒官的记载："为设媒官，始知聘娶。"说明媒人在古代聘娶习俗中有着重要的地位。

我国古代有"父母之命，媒妁之言""非媒不行嫁娶"的礼教规条，媒人在两家结亲中担任着重要角色，因此媒人在说媒时一般收取不菲的酬劳，在婚礼仪式中也备受重视。

旧时传统婚俗程式

尽管各民族各地区婚俗不同，但我国古代婚俗程式都差不多，从男女双方准备娶亲出嫁，到婚嫁结束，以男方为例，大约有以下十二种程式：

1. 提亲

男方托媒人向女方提亲，如女方父母同意，则男方派使者送上各色礼品，通过媒人来提亲。

2. 合八字

媒人提亲获女家同意后，双方互换庚帖，请星相或算命的合婚，根据双方出生年、月、日、时和属相推算，查其是否相生相克，谓之合八字。

3. 相亲

男女双方家庭通过媒人往来传话，约定日子见面，俗称"相人""相看"等。男女双方一般无缘直接交谈，只是互相偷看几眼而已。双方相中之后，女方父母或长辈会在媒人陪同下，去男方家进行了解，全面接触男方家庭，接触顺利的话即可结亲。

4. 议聘

由媒人传递信息，双方商议后确定聘礼，选定日期下聘礼，俗称"下大帖"。男方若重聘厚礼，则显示重视女方。女方嫁妆，则通常是日常用品、家具、服饰、鞋帽等。

5. 送定

俗称"定亲""订婚"。男方择定吉日，将上半礼（聘金财物的一半）送往女家，并给女方长辈送见面礼。女方则按习俗回送，并将男方送来的礼饼、鸡、肉等分送亲戚长辈。受礼的亲人则要在姑娘出嫁前用衣料等送贺，俗称"添箱"。

6. 送礼

过去，结婚"彩礼"分"头程""二程"，甚至还有"三程"。"头程"最多；"二程"多少不等，但一般不超过"头程"。通常"头程"彩礼在"成事""订婚"时送清，"二程"在迎娶前交清。在送"头程"彩礼时，如果是钱币，女方退回少许，算是"回礼"。

7. 送日子

男方将选定的娶亲日期，用红纸写好，通过媒人送往女方家里确定婚期，并将下半礼（聘金财物余下的一半）送与女方。

8. 下帖

即"送请帖"，婚期三五日之前，男女双方要给宴请的客人送喜帖，这是婚嫁必不可少的礼仪。

9. 迎娶

一般婚礼当天早晨，男方家鸣炮奏乐，发轿迎亲。新娘用线将脸上的汗毛捻干净，称"开容"，又称"开颜"。新娘上轿前哭泣，赖在床上不起，俗称"赖床"，以示对父母家人的难舍之意。吉时将至，由喜娘催促新娘梳妆上轿，头盖红巾，胸挂铜镜，由其父母或长兄背入花轿。新娘上轿后，迎亲队伍回到新郎家，仍要鸣炮奏乐相迎。

10. 婚礼

婚期前夕，男女两家均张灯结彩，张贴吉庆对联。结婚当天，男方亲族持高照、火把、金鼓班往女家接花轿。新娘下轿后拜堂，先拜天地祖先，再拜公婆，后夫妻交拜。拜毕，由"福寿双全"的一对夫妇持凤烛引新郎新娘进入洞房。入洞房后，新郎新娘并坐床沿，名为"坐床"，饮"合欢酒"。当晚摆宴席，由新郎父母率新婚夫妇至各酒桌向亲友致谢并敬酒。

11. 闹房

在婚前一夜，择定吉时请有福寿的人"安床"。结婚当晚，亲友不论老幼都可闹房。闹房可以增加新婚的欢乐、热闹的气氛，是婚礼的最高潮。

12. 回门

按照我国传统婚俗习惯，一般结婚三天后，新娘便要偕同新郎一起回娘家，旧称"回鸾"，又叫"请回门"。回门的礼节与新婚典礼大体相同，要叩拜祖先、岳父母、亲友长辈，并参加宴席答谢亲友。

无底洞老鼠嫁女 / 桃花坞年画

老鼠娶亲 / 绵竹年画

佳 作 赏 析

桃天

《诗经·周南》

桃之夭夭①，灼灼其华②。之子于归③，宜④其室家。

桃之夭夭，有蕡⑤其实。之子于归，宜其家室。

桃之夭夭，其叶蓁蓁⑥。之子于归，宜其家人。

注释：

①夭夭：美丽而繁华的样子。

②华：同"花"。

③之子：这位姑娘。于归：出嫁，古代把丈夫家看作女子的归宿，故称"归"。

④宜：和顺、亲善。

⑤蕡（fén）：草木结实繁茂的样子，这里指果实硕大的样子。

⑥蓁蓁（zhēn）：草木繁密的样子，这里形容桃叶茂盛。

译文：

茂盛桃树嫩枝丫，花开鲜艳红似火。这位姑娘要出嫁，家庭和顺又美满。

茂盛桃树嫩枝丫，果实累累大又多。这位姑娘要出嫁，早生贵子后嗣旺。

茂盛桃树嫩枝丫，绿叶茂盛永不落。这位姑娘要出嫁，齐心携手家和睦。

硕鼠

《诗经·魏风》

硕鼠[①]硕鼠，无食我黍[②]！三岁贯女[③]，莫我肯顾。逝将去女[④]，适彼乐土。乐土乐土，爰得我所[⑤]。

硕鼠硕鼠，无食我麦！三岁贯女，莫我肯德[⑥]。逝将去女，适彼乐国[⑦]。乐国乐国，爰得我直[⑧]。

硕鼠硕鼠，无食我苗！三岁贯女，莫我肯劳[⑨]。逝将去女，适彼乐郊。乐郊乐郊，谁之[⑩]永号？

注释：

①硕鼠：大老鼠。这里比喻贪得无厌的统治者。

②黍：黍子，也叫黄米。

③三岁贯女：侍奉你多年。三岁，多年，说明时间久。女，一作

"汝"，你，指统治者。

④去：离开。女：一作"汝"。

⑤所：处所。

⑥德：加恩，施惠。

⑦国：域，即地方。

⑧直：同"值"。

⑨劳：慰劳。

⑩之：其，表示诘问语气。

译文：

大老鼠呀大老鼠，不许吃我种的黍！多年辛勤伺候你，你却对我不照顾。发誓定要离开你，去那乐土有幸福。那乐土啊那乐土，才是我的安身处！

大老鼠呀大老鼠，不许吃我种的麦！多年辛勤伺候你，你却对我不优待。发誓定要离开你，去那乐国有仁爱。那乐国啊那乐国，才是我的安身国！

大老鼠呀大老鼠，不许吃我种的苗！多年辛勤伺候你，你却对我不慰劳！发誓定要离开你，去那乐郊有欢笑。那乐郊啊那乐郊，谁到了还悲叹长呼号？

水调歌头（贺人新娶，集曲名）

袁长吉

紫陌风光好，绣阁绮罗香。相将人月圆夜，早庆贺新郎。先自少年心意，为惜殢人娇态，久俟愿成双。此夕于飞乐，共学燕归梁。

索酒子，迎仙客，醉红妆。诉衷情处，些儿好语意难忘。但愿千秋岁里，结取万年欢会，恩爱应天长。行喜长春宅，兰玉满庭芳。

注释：

这首词出自元朝刘应李辑《新编事文类聚翰墨大全》，是祝贺友人娶妻之作，文字喜气洋洋，带有一股浓郁的生活情味。

这首词，将一些词牌，如《风光好》《绮罗香》《人月圆》等，按照字面的意思串联起来，再加上一些补充词语或连接词语，表现出一个中心内容——贺人新娶。此词形式不仅新颖，紧紧配合内容的需要，而且具有文献学意义上的价值。

作者简介：

袁长吉，生卒年不详。字叔巽，又字寿之，晚号委顺翁，崇安（今属福建）人。宋嘉定十三年（1220年）进士。著有《鸡肋集》，《全宋词》辑其词六首。

老鼠娶亲 / 漳州年画

老鼠娶亲 / 绵竹年画

点悟·絮语

中国传统的婚姻习俗无比繁琐，其中虽然不乏迷信和庸俗的东西，但是不难看出在这些繁琐的礼仪中一方面表现中国人重礼仪、重彩头的特点，另一方面蕴含着人们对美好婚姻的希冀和憧憬。

第六章

人性关怀

——蝴蝶杯的故事

来 龙 去 脉

蝴蝶杯

明嘉靖年间，湖广总督卢林之子卢世宽是个纨绔子弟，经常仗势欺人。有一年春天卢世宽带着一众家丁游龟山，横冲直撞，没有人敢阻拦。

当日渔翁胡彦在江里打到了一尾奇怪的鱼，正要拿到长街上去卖，准备卖钱来买米粮，不巧遇到了卢世宽一群人，被他们抢走了鱼。胡彦哀求他们给一点钱，好让他去买米度日，他一家人都好几天没吃饭了。凶蛮的卢世宽不仅不给钱，还让家丁把胡彦打得遍体鳞伤，他豢养的一条恶犬把胡彦的两手都咬烂了，胡彦奄奄一息地躺在地上。

恰巧那一天江夏县县令田云山之子田玉川也在龟山游玩，正好看见胡彦被打。田玉川颇有正义感，路见不平急忙上前阻拦。卢世宽喝令家丁一起打田玉川，田玉川是个武艺高手，一脚踢死了恶犬，三拳两脚把家丁全部打趴了。卢世宽见状不好想要逃跑，被田玉川一脚踢飞，一命呜呼。

游龟山／武强年画

受伤的胡彦拼着最后一口气回到渔船，告诉了他的女儿胡凤莲事情的经过，并要女儿牢牢记住仇人是卢世宽，恩公是田玉川，说罢，便咯血而死。

湖广总督卢林得知爱子被打死，勃然大怒，派四路兵马追捕田玉川。田玉川逃到江边，正巧遇到胡彦之女胡凤莲的渔船，胡凤莲得知是恩公遇难，将田玉川藏在渔船中，设计躲过了追兵的搜查。晚上，渔船在江中漂荡，两个人互诉衷肠，互生爱慕，田玉川以蝴蝶杯为信物，和胡凤莲约定终身，并告诉她拿着蝴蝶杯去田府找自己的父母。胡凤莲拿着蝴蝶杯找到了田玉川的父母，告诉了他们事情的经过，并打算为父亲鸣冤。

卢林找不到田玉川，便捉拿田玉川的父亲田云山，欲以父代子罪，邀请布政使董温五堂会审。胡凤莲闯堂鸣冤，状告凶手卢世宽，据理力争救了田云山。卢林要赶走胡凤莲，不料宅心仁厚的董温当堂收胡凤莲为义女。正在激烈会审之时，圣旨到，战事告急，皇帝要卢林立即挂帅征番，会审只好暂停，卢林扬言征战回来必报此仇怨。

卢林受皇命出征不利，征战中落马，命在旦夕。田玉川改名雷全州，不记私仇，救了卢林，杀退番兵，大获全胜，军威重振，终于凯旋。田玉川升官受赏，卢林还想将女儿许配给他。

藏舟／红船口年画／清

班师回朝后，田玉川悄悄回家看望父母被发现，卢林派校尉来逼问当年一事，田云山带子投案。卢林自知儿子仗势胡作非为犯下命案，又念田玉川战场相救之恩，想将女儿嫁与田玉川作罢此事。正在此时胡凤莲赶来，公堂上夫妻相认，卢林恼羞成怒，逼田玉川休了胡凤莲，田玉川、胡凤莲据理力争，董温也仗义执言，卢林理屈词穷，只好释放了田玉川，田玉川和胡凤莲有情人终成眷属。

藏舟 / 凤翔年画

献杯／凤翔年画

藏舟 / 武强年画

投县/武强年画

侯马蝴蝶杯

"蝴蝶杯传家宝千金难买，将美酒斟杯内彩蝶飞来"，这是山西古典蒲剧《蝴蝶杯》中的一段唱词。它说的是太原公子田玉川，与渔家姑娘胡凤莲难中相遇，一见钟情，田玉川以传家之宝蝴蝶杯相赠，与胡凤莲约定终身，最后历经磨难有情人终成眷属的故事。

蝴蝶杯是中国古代饮器中的传统工艺品，以杯中"酒满蝶显，酒干蝶隐"的奇特视觉效果而流传千古，被世人美誉为"千金之宝"。关于蝴蝶杯早有记载，宋朝的《陶录》中记载："邑绅刘吏部藏古瓷器，内绘彩蝶，贮以水，蝶即浮水面，栩栩如活，索观者众，遂秘不示。""蝴蝶杯"的故事在民间流传甚广，古代男女将蝴蝶杯作为美好爱情的象征。

蝴蝶杯因制作工艺奇特，往往被官吏们当做稀世珍品而收藏。随着朝代更替，蝴蝶杯越来越为罕见。明朝末期，战乱频繁，蝴蝶杯的制作工艺也渐渐消失，后人只能从戏剧史料中，听到、见到它的名字。

1979 年，山西侯马郊区崖口村的一村民家中发现了一个奇特的杯子，后经过文物部门相关专家鉴定，这个杯子正是绝迹已久的"蝴蝶杯"。这个绝迹数百年的杯子引起了很多

人的关注，许多人试图恢复这一工艺，直到 2006 年才有人
将蝴蝶杯研制成功，千年绝技终于恢复，"宝杯"再现于世，
成为名扬中外的工艺精品。

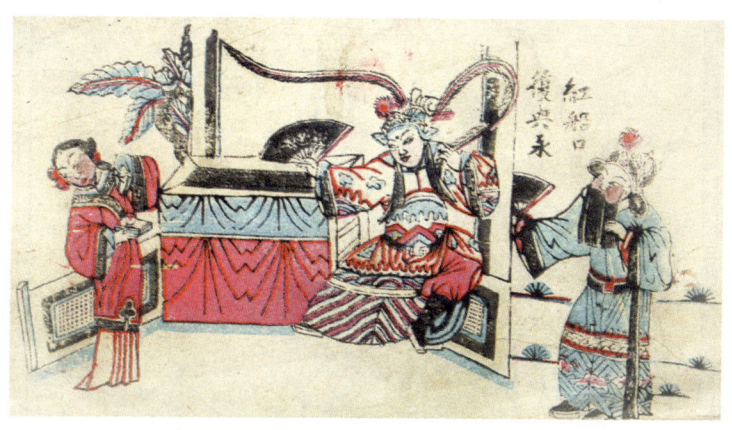

认夫／红船口年画／清

救卢/武强年画

洞房／开封年画

招亲／潍县年画

探亲／高密年画

知 识 广 角

破镜重圆

破镜重圆这一成语比喻夫妻离散后重新团聚在一起。相传故事出自唐朝孟启的《本事诗》，主人公是南朝的乐昌公主和她的丈夫徐德言。

乐昌公主是南朝末代皇帝陈后主的妹妹，长得清新脱俗且气质高雅，为人和善，她还能写诗文，是有名的美女兼才女，为当时人所称道。乐昌公主成年后，自愿下嫁江南才子徐德言为妻，她与丈夫徐德言感情深厚，夫妻两人相敬如宾，生活和美。

然而好景不长，当时，杨坚取代了北周静帝成为隋文帝，举兵南下入侵陈国，陈国正面临灭国的危险，乐昌公主和徐德言都预感到他们的国家将被入侵者占领，他们也会被迫离开王宫，背井离乡。

徐德言眼看即将与心爱的妻子分隔两地，便对妻子说："如今亡国被掳，以你的容貌和才华，极有可能会流落到有权有势的富豪人家，那时我们恐怕没机会再见了。倘若我们的缘分没断，还能再见，那就应该有一个信物。"于是，徐德言取出一面乐昌公主常用的铜镜摔成两半，一半留给妻子，一半自己收藏。说道："我们以此镜为信物，约定以后每年的正月十五日，把这一半的铜镜拿出来在长安街头沿街叫卖，直到找到对方为止。"说罢，两人拿着各自的那一半铜镜抱头哭泣。

果然没多久隋文帝就把积弱不振的陈国消灭了。按照当时惯例，为防止亡国残余势力纠集，所以亡国之君及其亲族都不准许住在原籍地。因此，亡国后的陈后主及乐昌公主等亲族都要被掳往隋都长安（今陕西西安）。乐昌公主被分派到了隋朝开国功臣杨素府中做一名歌姬。每年的正月十五，乐昌公主都会命身边的年老女仆拿着珍藏的半面铜镜沿街叫卖，老女仆开价颇高乏人问津，根本没有人愿意去买它。虽然等待的夫婿如石沉大海般无消息，但乐昌公主仍坚持在每年正月十五叫老女仆出去叫卖半面铜镜。

徐德言经过千辛万苦，好不容易终于来到长安城。正月十五这天，他来到市集上，果然看到有人正在高价叫卖半面铜镜。徐德言赶忙把老女仆领到自己的住处，向他展示自己的另一半铜镜，两镜一合，果然合二为一。老女仆告知徐德言乐昌公主目前是杨素府中的一名歌姬。徐德言写下一首诗："镜与人俱去，镜归人不归；无复嫦娥影，空留明月辉。"托老女仆带回给乐昌公主。

乐昌公主看到丈夫的题诗，不禁放声痛哭，等待的人终于出现了，可是如今的处境，夫妻二人已难团圆。乐昌公主每日愁容满面，水米不进。

后来杨素再三盘问，知道了其中原因，杨素被他们二人的真情深深打动，念他们夫妻二人真情至深，决意放乐昌公主与徐德言离去，让他们夫妻团聚、破镜重圆。后人也对杨素的成人之美赞叹不已。

乐昌公主与夫婿徐德言离开长安回到江南，携手共度余生。这对患难夫妻在饱经悲欢离合后，于唐太宗贞观十年（636 年）双双离世，夫妻合葬在一起，陪伴他们的就是那面见证了他们分而复合的残破铜镜。

李清照与赵明诚

李清照（1084—约 1151 年），号易安居士，齐州章丘（今山东章丘）人，宋朝女词人，婉约派代表，有"千古第一才女"之称。赵明诚（1081—1129 年），字德父，密州诸城（今属山东）人，宋徽宗崇宁年间宰相赵挺之第三子，是著名的金石学家。他们夫妻恩爱缠绵、至死不渝的爱情故事一直被后人传为佳话。

李清照十八岁便与赵明诚结为连理。二人志趣相投，都喜好读书，诗词唱和，共同收集金石古玩，校勘题签。每逢初一和十五，夫妻两人总要到都城开封的相国寺一带的市场上去寻访金石书画，然后倾囊买回家里。虽然当时夫妻两人家境宽裕，但是为了搜集名人书画和古董漆器，他们居然"食去重肉，衣去重彩，首无明珠翡翠之饰，室无涂金刺绣之具"。

后因政治因素，赵氏亲属被迫隐居乡里，赵明诚和李清照到青州定居下来。他们把全部的精力都投放在金石、字画和古玩上。赵氏夫妇每得一本奇书，便共同校勘，整理题签；每得金石器物，便仔细把玩，互相给予评价。同时，夫妇二人在饭后还时常坐在归来堂中烹茶。两人指着满屋的书籍互相考问对方，猜中的人先饮茶，以此为乐。就这样，他们在互相激励与学习的日子里，共同度过了一段美好的时光。

婚后赵明诚到外地做官，一年重阳节，李清照作《醉花阴》一词寄给丈夫，"薄雾浓云愁永昼，瑞脑销金兽。佳节又重阳，玉枕纱厨，半夜凉初透。东篱把酒黄昏后，有暗香盈袖。莫道不消魂，帘卷西风，人比黄花瘦。"赵明诚读后，赞叹不已，自愧不如却又想胜过妻子，便闭门谢客，废寝忘食三天三夜，最后得词五十首，之后将这五十首与李清照的词放在一起，请友人评鉴。陆德夫品评后说："只三句绝佳。"赵明诚忙问是哪三句，陆德夫回答"莫道不销魂，帘卷西风，人比黄花瘦"，赵明诚由此更钦佩妻子的才学。

长期的离别之苦，使得李清照一直生活在对丈夫的思念之中，多愁善感的天性也激发了她的创作灵感，她用作词来寄托自己对丈夫的相思之情。

后来，李清照随赵明诚去莱州任职。其间，在李清照的大力支持和帮助下，赵明诚初步完成了《金石录》，这是一部记载我国古代丰富历史文物的著作。建炎三年（1129年），赵明诚接到皇帝诏书，不顾酷暑，独自一人赶赴建康，接受皇帝召见。中途中暑病倒，待赶到建康时已经由中暑转为疟疾。李清照在得到赵明诚重病的消息后，当天就乘船东下，日夜兼程，与相濡以沫的丈夫见了最后一面。

赵明诚去世之后，李清照继承丈夫遗志，整理夫妻二人毕生的金石古物收藏，潜心金石学，在绍兴十三年（1143年）前后，李清照将赵明诚遗作《金石录》校勘整理，让这部巨著得以问世。

十余年后，李清照怀着对死去亲人的绵绵思念和对故土难归的无限失望，在极度孤苦、凄凉中，悄然辞世。

佳 作 赏 析

结爱

孟郊

心心复心心，结爱务在深。

一度欲离别，千回结衣襟。

结妾独守志，结君早归意。

始知结衣裳，不如结心肠。

坐结行亦结，结尽百年月。

译文：

两个人之间情投意合，心心相印，缔结的爱情一定深刻。

一度要离开，但总是想留下，犹豫不决，把彼此衣服结在一起。

希望这衣服结扣能把气节守住，使夫君早日回来。

曾经以为，把自己和爱人的衣裳结在一起，就能不离不弃，等到离别之时才发现，结打得再巧妙，也不如将两人的心意缔结在一处。

所以坐着缔结爱情，走着也缔结爱情，希望能恩爱百年。

作者简介：

孟郊（751—814年），字东野，湖州武康（今浙江德清）人。唐朝诗人。早年贫困，曾游两湖、广西，无所遇合，屡试不第。四十六岁始中进士，五十岁为溧阳县尉。与贾岛齐名，皆以苦吟著称，苏轼评其二人为"郊寒岛瘦"。著有《孟东野诗集》。

梁楚之欢

刘向

梁大夫有宋就者，尝为边县令，与楚邻界。梁之边亭与楚之边亭皆种瓜，各有数。梁之边亭人劬^①力数灌其瓜，瓜美；楚人窳^②而稀灌其瓜，瓜恶。楚令因以梁瓜之美怒其亭瓜之恶也。楚亭人心^③恶梁亭之贤己，因夜往窃搔梁亭之瓜，皆有死焦者矣。梁亭觉之，因请其尉，亦欲窃往报搔楚亭之瓜。尉以请宋就，就曰："恶！是何可？构怨，祸之道也。

人恶亦恶，何褊④之甚也？若我教子，必每暮令人往，窃为楚亭夜善灌其瓜，勿令知也。"于是，梁亭乃每暮夜窃灌楚亭之瓜。楚亭旦而行瓜，则又皆以灌矣，瓜日⑤以美。楚亭怪而察之，则乃梁亭之为也。楚令闻之，大悦，因具以闻楚王。楚王闻之，愬⑥然愧，以意自闵也。告吏曰："征⑦搔瓜者，得无有他罪乎？此梁之阴让也。"乃谢以重币，而请交于梁王。楚王时称则祝梁王以为信。故梁楚之欢，由宋就始。语曰："转败而为功，因祸而为福。"老子曰："报怨以德。"此之谓也。

注释：

①劬（qú）：勤劳。

②窳（yǔ）：懒惰。

③心：在心里。

④褊：狭隘。

⑤日：一天天地。

⑥愬：忧惧。

⑦征：如果没有。

译文：

梁国有一位叫宋就的大夫，曾是一个边境县的县令，该县和楚国相邻。梁国的边境兵营和楚国的边境兵营都种瓜，各有各的方法。梁国戍边的人勤劳，常常灌溉他们的瓜田，所以瓜长得很好；楚国士兵懒惰，很少去浇灌他们的瓜，所以瓜长得不好。楚国县令就因为梁国的瓜长得好，怒责楚国士兵没有把瓜种好。楚国士兵心里嫉恨梁国士兵瓜种得比自己好，于是夜晚偷偷去损害他们的瓜，所以梁国的瓜总有枯死的。梁国士兵发现了这件事，于是请示县尉，也想偷偷前去报复，破坏楚营的瓜田。县尉向宋就请示，宋就说："唉！这怎么能行呢？结下了仇怨，是惹祸的根苗呀。人家使坏你也跟着使坏，怎么心胸狭小得这样厉害！要让我教给你办法，一定在每晚都派人过去，偷偷地为楚兵浇灌他们的瓜园，不要让他们知道。"于是梁国士兵就天天夜间偷偷地去浇灌楚兵的瓜园。楚国士兵早晨去瓜园巡视，就发现都已经浇过水了，瓜也一天比一天长得好了。楚国士兵感到奇怪，就留心观察，才发现是梁国士兵做的。楚国县令听说这件事很高兴，于是把这件事详细地报告给楚王，楚王听了之后，又忧愁又惭愧，把这事当成自己的心病。于是告诉主管官吏说："调查一下那些到瓜田里捣乱的人，他们还有没有其他罪过？这是梁国人对我们的礼让呀。"于是拿出丰厚的礼物，向宋就表示歉意，并请求与梁王结交。楚王时常称赞梁王，认为他能守信用。所以说，梁楚两国的友好关系，是从宋就开始的。古语说："把失败的情况转向成功，把灾祸转变成幸福。"老子说："用恩惠去报答仇怨。"就是说的这类事情呀。

作者简介：

刘向（约前77—前6年），原名更生，字子政，沛（今江苏沛县）人。汉朝皇族楚元王（刘交）四世孙。西汉经学家、目录学家、文学家。其散文较有名的有《谏营昌陵疏》和《战国策叙录》，叙事简约，理论畅达、舒缓平易是其主要特色。

曾奉命领校秘书，所撰《别录》，是我国最早的目录学著作。所撰《新序》，原本三十卷，至北宋初仅存十卷。后经曾巩搜集整理，仍厘为十卷。采集舜、禹时代至汉朝史事和传说，分类编纂，所记史事与《左传》《战国策》《史记》等颇有出入。另著有《列女传》《说苑》《洪范五行传》等。

点悟·絮语

在中国民间，有这样一个说法，叫做"有仇不报非君子"，但是，同时也有另一个说法，就是"冤冤相报何时了"。《论语》中有这样一段话，"或曰：以德报怨，何如？子曰：何以报德？以直报怨，以德报德。"意思就是，孔子的学生问孔子："我能做到以德报怨，不错吧？"孔子说："如果以德报怨的话，那你用什么来报德呢？所以，应该以直报怨，而以德来报德。"这里的德，是有恩德的意思，而怨则是仇恨。别人伤害了你，你用恩德来回报，那你怎么面对那些对你有恩德的人呢？

以直报怨和以怨报怨的区别，在于以怨报怨的重点是看结果，你伤了我，就必然要伤你，你杀了我的人，我就要一命抵一命。而以直报怨的重点，是看过程，你伤害了我，我要你知道你做得不对，还要你接受惩罚，这个惩罚可能包括道德上、法律上、经济上和社会上的多方面的惩罚，目的是让这种怨不要再延续下去，而是尽可能地早结束。

第七章

仁者爱人

——圣贤的故事

来 龙 去 脉

"仁"思想的内涵

　　"仁"是中国儒家学派道德规范的最高原则，是孔子思想体系的理论核心。"仁"的最初含义是指人与人之间的亲善关系。孔子把"仁"定义为"爱人"，并解释说："夫仁者，己欲立而立人，己欲达而达人"，"己所不欲，勿施于人"。孔子在回答子张问仁时还说"能行五者于天下，为仁矣"，五者为恭、宽、信、敏、惠。孟子发挥了孔子的思想，把"仁"同"义"联系起来，把"仁义"看作道德行为的最高准则。其"仁"，指人心，即人皆有之的"恻隐之心"，仁爱之心；其"义"，指正路，"义，人之正路也"。

孔子相师

　　一天，孔子乘着马车周游列国。来到某地，见到一孩子用土围成了一座"城"，坐在里面。孔子就问："你看见马车为什么不躲开呀？"

那孩子眨了眨眼睛回答道："都说您孔老先生上晓天文，下知地理，中通人情。可是，今天我见到您却觉得您并不怎么样。因为从古至今，只听说车子躲避城，哪有城躲避车子的道理呢？"孔子愣了一下，问："你叫什么名字？"孩子答道："我叫项橐（tuó）。"

孔子为了挽回面子，就想出了一连串问题来问项橐："什么山上没有石头？什么水里没有鱼儿？什么门没有门闩？什么车没有轮子？什么牛不生犊儿？什么马不产驹儿？什么刀没有环？什么火没有烟？什么男人没有妻子？什么女人没有丈夫？什么天太短？什么天太长？什么树没有树枝？什么城里没有官员？什么人没有别名？"

项橐想了想说："您听着——土山上没有石头，井水中没有鱼儿，无门扇的门没有门闩，用人抬的轿子没有轮子，泥牛不生犊儿，木马不产驹儿，砍刀上没有环，萤火虫的火没有烟，神仙没有妻子，仙女没有丈夫，冬天白日里短，夏天白日里长，枯死的树木没有树枝，空城里没有官员，小孩子没有别名。"

孔子大吃一惊，这孩子竟如此智慧过人！

这时项橐不容孔子多想，反问道："鹅和鸭为什么能浮在水面上？鸿雁和仙鹤为什么善于鸣叫？松柏为什么冬夏常青？"

孔子答道："鹅和鸭能浮在水面上，是因为脚是方的；鸿雁和仙鹤善于鸣叫，是因为它们的脖子长；松柏冬夏常青，是因为它们的树心坚实。"

"不对！"项橐大声说，"龟鳖能浮在水面上，难道是因为它们的脚是方的吗？青蛙善于鸣叫，难道是因为它们的脖子长吗？胡竹冬夏常青，难道是因为它们的茎心坚实吗？"

孔子觉得这孩子知识渊博，连自己也辩不过他，只得长叹一声，俯下身子对项橐和蔼地说："后生可畏，我当拜你为师。"回头对弟子们讲，"三人行必有我师矣。"

经过孔子这一褒奖，项橐名扬九州，震动朝野。后世史书《史》《志》的有关章节都有记载。

《三字经》记载的："昔仲尼，师项橐，古圣贤，尚勤学。"说的就是这个故事。

孔子 / 高密年画

妈祖

妈祖，又称天上圣母、天后、天后娘娘、天妃、天妃娘娘、湄洲娘妈等，是以中国东南沿海为中心的海神信仰。

目前海内外学者普遍认为，妈祖不是杜撰的，而是从民间走出来的、被神圣化了的历史人物。考察妈祖的生平得知，这一信仰来自民间传说。首先是传说，然后逐渐被历史化和神化，最后形成普遍信仰。

在福建省莆田市湄洲湾口，有一个美丽的岛屿叫湄洲岛。岛上有一座巍峨雄伟、金碧辉煌的庙宇，供奉着世界闻名的海神妈祖。

相传妈祖原名林默，出身于仕宦之家，是福建晋代晋安郡王林禄的二十二世孙女。林家是当地的望族，父亲林惟悫，母亲王氏，二人多年行善积德。一天晚上，王氏梦见观音大士慈祥地对她说："你家行善积德，今赐你一丸，服下当得慈济之赐。"之后王氏便怀孕。北宋建隆元年（960 年）三月二十三日傍晚，王氏将近分娩，见一道红光，从西北射入室中，光辉夺目，香气飘荡，久久不散。又听得四周隆隆作响，好似春雷轰鸣，地变紫色。王氏感到腹中震动，妈祖于是降生。因她生得奇，甚为家人疼爱。她出生至满月，一声不哭，因此，父亲给她取名"默"。生长在大海之滨的林默，熟习水性，还通晓天文气象。湄洲岛与大陆之间的海峡有不少礁石，在这海域里遇难的渔舟、商船，常得到林默的救助，因而人们传说她能乘席渡海。她还会测吉凶，必会事前告知船户可否出航，所以又说她能"预知休咎事"，称她为"神女""龙女"。

妈祖作为一个古代民间的神祇，为何她能被海内外这么多人认可、赞扬和崇敬呢？一个重要原因就是，妈祖身上聚集了中华民族的传统美德和崇高的精神境界。妈祖她作为一个民间的渔家女，善良正直，见义勇为，扶贫济困，解救危难，造福民众，保护中外商船平安航行，凡此种种都是功德无量的事情，所以才会深受百姓的崇敬。妈祖做了很多有益于民众的善事义举，因此受到了海内外百姓的尊敬和膜拜。

海外华人祭祀妈祖，根本目的是为了不忘记祖先，不忘记根本。妈祖本来是海上保护神，后来她的职能逐渐扩大，人们都认为妈祖能帮助他们排难解困。所以海外的华人同样建庙祭祀。人们希望通过祭祀妈祖，将妈祖的博爱、扶弱济贫、勇敢无畏、不屈不挠的精神和尽孝的观念不断发扬光大，把妈祖文化的精髓融入日常生活中，并传给下一代。

妈祖赐福恩泽四海 / 杨柳青年画

风伯和雨师

风伯和雨师是中国古代神话传说中掌管风雨的神仙。

风伯，又称风师、箕伯，本名为飞廉，他的相貌奇特，长着鹿一样的身体，身上布满了豹子一样的花纹，头好像孔雀，头上的角峥嵘古怪，还有一条蛇一样的尾巴。他原来是蚩尤的师弟，与蚩尤一起拜一真道人为师，在祁山修炼。

飞廉在修炼的时候，发现山上有块大石头，每遇风雨来时便会如燕般飞起，等天晴时，又回到原处，他心中不由暗暗称奇，便开始留心观察。

一天半夜，这块大石头突然动了起来，转眼变成一个形同布囊的无足活物，往地上深吸两口气，之后仰天喷出，顿时狂风骤发，漫天飞沙走石。之后那个大石头又似飞翔的燕子一样，在大风中飞旋。飞廉身手敏捷，一跃而上，将它逮住，这才知道它就是通五运气候、掌八风消息的风母。于是他从风母这里学会了致风、收风的奇术。

神话中掌管雨的神仙，有的叫做屏翳，也有的叫做号屏，还有叫做玄冥，其实他们就是赤松子。

相传赤松子最初是炎帝神农氏时施雨的雨师，有一种能随着风雨飘来飘去的本领，后来从西王母那里得了不死药，能入火不焚，随风雨而上下，成了仙，上了天。

　　远古时代，人们以采集和渔猎为生，一日无获，就得挨饿，日子过得很艰难。后来，神农氏用木制作耒耜，教大家种植谷物，秋收冬藏，人们的生活才有所好转。于是神农氏被众人推举为首领。

　　有一年一场罕见的旱灾降临了，一连数月没有一滴雨降落，田里的禾黍全都要枯萎了。旱情最重的地方，川竭山崩，皆成沙碛，人畜都要渴死了，更别说汲水浇地了。神农氏头发都快愁白了，这时候不知从哪里跑来一位蓬头跣足、相貌古怪的野人，上披草领，下系皮裙，手里还拿根柳枝。自我介绍说："我叫赤松子，曾随师父在昆仑山上西王母石室中修炼多年。师父常化飞龙，南游衡岳，我亦化为赤龙，跟在师父身后，我同师父学习了一身布雨的本领。"

　　神农氏闻之心喜，让他马上展示一下。只见赤松子取出一种叫做冰玉散的粉末吞下，立刻化为一条赤龙，飞上天空。霎时，天上乌云密布，倾盆大雨兜头浇下，眼看就要枯死的庄稼，又重新恢复了生机。神农氏一见大喜，立即封赤松子为雨师，专管布雨施霖之事。

　　神农氏成仙后，黄帝继任首领，九黎的头领蚩尤不服，兴兵作乱，连赤松子、飞廉也投奔了过去。等黄帝率领众部落与蚩尤大战于涿鹿之野时，赤松子化为一条赤龙，飞廉变成一只小鹿，一道施起法术。刹那间，天昏地暗，走石飞沙，暴雨狂风。黄帝和他的部下在一片混沌中，连东南西北也辨认不出，怎么能够作战呢？蚩尤便趁机发动进攻，杀得黄帝及其军队丢兵弃甲。就这样，蚩尤依仗飞廉和赤松子征风召雨的优势，九战九胜黄帝，迫使黄帝连连后撤，一直退到泰山。

黄帝在泰山会集群臣，大家商讨了三天三夜后，终于设计出两个破敌法宝——司南车和牛皮鼓。司南车有两层，共二十八个轮子，车上有一个手指前方的木刻人。车轮滚动时，牛皮鼓一共八十面，鼓一响起，声音可以响彻三千八百里。于是黄帝得到这两个法宝后再与蚩尤决战。

蚩尤仍让飞廉和赤松子呼风唤雨，吹烟喷雾。这一次，黄帝靠着司南车，始终不迷失方向，紧接着，大臣容成等人率人擂起牛皮鼓来，顿时惊天动地，裂石崩云，吓得飞廉和赤松子魂飞魄散，跟着蚩尤一块儿逃窜。黄帝挥师追击，一直追到涿鹿，终获全胜，还活捉了赤松子和飞廉。黄帝将二人降伏后，要他们改恶向善，为民造福，仍命飞廉为风伯，又封赤松子当雨师，掌管人间风雨之事。

后世对风伯雨师的祭拜，被列入中国古代国家的祀典，目的在于祈求风调雨顺、五谷丰登、家宅平安。这两位尊神的形象，也逐渐变成了一位清秀童子伴随着一位长须官人，象征雨随风至，风止雨歇。

风伯／绵竹年画

雨师 / 绵竹年画

知 识 广 角

道教

道教是中国固有的宗教，是一种崇拜诸多神明的多神宗教形式，源于古代神仙信仰和方仙之术。其主旨是追求长生不老、得道成仙、济世救人。

道教奉道家创始人老子（尊称为太上老君）为道祖。道家本是春秋战国时期诸子百家之一，道教将其神化，直到汉朝后期，才有教团产生。东汉张道陵创立的"五斗米道"为道教的定型化之始。

道教以"道"为最高信仰，认为"道"是化生万物的本源。主要是奉太上老君为教主，并以老子的《道德经》等为经典，道教文化源远流长、博大精深，包括道教宇宙观、道教人生观、道教哲学、道教神学、道功道术、医学养生、阴阳风水、命相预测、道场法事、道教武术、道教音乐等多个方面。

北帝坐镇／佛山年画

佛教

　　佛教产生于公元前 10 世纪的古印度。创始人为悉达多·乔答摩，他二十岁时离家成道，被人们称为释迦牟尼，又被尊称佛陀，意为觉悟者，简称佛，所传宗教被称为佛教。

　　佛教与基督教、伊斯兰教并称为世界三大宗教。佛，意思是觉者。佛又称如来、应供、正遍知、明行足、善逝、世间解、无上士、调御丈夫、天人师、世尊。佛教重视人类心灵和道德的进步和觉悟。佛教信徒修习佛教的目的即在于依照悉达多所悟的修行方法，发现生命和宇宙的真相，最终超越生死和苦难、断尽一切烦恼，得到终极解脱。

　　佛教传入中国的确切年代尚无定论，说法颇多，最广泛的说法是东汉永平十年（67 年），汉明帝派遣使者至西域广求佛像及佛教经典，并迎请迦叶摩腾、竺法兰等僧至洛阳，在洛阳建立第一座官办寺庙——白马寺，因此白马寺成为我国佛教的发祥地，迦叶摩腾、竺法兰于此寺完成我国最早传译的佛典《四十二章经》。

姑苏报恩进香 / 桃花坞年画

洪圣大王

　　洪圣大王是汉族民间信仰的人物。本名洪熙，是唐朝的广利刺史。他廉洁爱民，精通天文地理，曾经设立天文气象观测所，使出海的渔民和商人都颇受其益。

　　洪圣死后仍受到敬仰和供奉，成为人们心中的海神。从唐朝开始，历代对其不断地加封：唐朝天宝年间封为广利王，宋朝加封为洪圣、威显，元朝诏尊为广利灵孚王，清朝雍正年间再封为南海昭明龙王之神。汉族民间则称其为广利洪圣大王。

　　也有的民间传说称洪圣本是一个屠夫，家里很贫穷，每天替人杀牲，很不忍心。他感到自己杀孽太重，想放下屠刀，遁入空门，便拜一位老僧为师，老僧起先不肯收他，但耐不住洪圣苦苦恳求，只好答应。有一天，他们来到波涛汹涌的海边，老僧叫洪圣把心肝挖出来掷下海去，洪圣毫不犹豫地照办了。当洪圣把心肝掷下大海，海中升起一朵五彩祥云，上面坐着洪圣，升仙而去。

洪圣大王 / 佛山年画

文殊菩萨

文殊菩萨，音译文殊师利或曼殊师利，曼殊是妙之意，师利是吉祥之意，简称为"文殊"。与普贤菩萨、观音菩萨、地藏菩萨为中国佛教四大菩萨。文殊菩萨和普贤菩萨为释迦牟尼佛的左、右胁侍，他们合称为"华严三圣"。文殊菩萨的智慧、辩才为众菩萨之首，是智慧的象征，被称为"大智文殊菩萨"。

文殊菩萨的形象通常是手持慧剑，骑乘狮子，慧剑代表让众生以智慧斩断一切烦恼，狮子的吼声则震醒沉迷于妄念烦恼的众生，农历四月初四，是文殊菩萨的圣诞日，农历十月二十是文殊菩萨出家日，腊月二十二是文殊菩萨的成道日。

山西省五台山被公认为是文殊菩萨的显灵道场，这一说法流行于唐朝，相传五台山五大丛林之一的塔院寺东边有一座文殊发塔，里面藏有文殊菩萨显圣时遗留的头发。

关于文殊的身世来历众说纷纭，有的说文殊菩萨为诸佛师，或是九代佛之祖，还有的说文殊菩萨是他方世界教化者等等。其中最为流行的一说，出自《文殊师利般涅槃经》，其中记载说文殊生于印度一个婆罗门家庭，出生时有大吉异象，天生慈悲，曾到各处求法，无人能酬对。后来跟随释迦牟尼佛出家，成为其弟子，后被推为众菩萨之首。

文殊菩萨 / 绵竹年画

普贤菩萨

普贤菩萨，音译为三曼多跋陀罗，意思是具足无量大行、弘深誓愿，示现于一切诸佛刹土。象征着理德、行德，与象征着智德、正德的文殊菩萨相对应，为释迦牟尼佛的右胁侍。普贤菩萨的形象与文殊菩萨相类似，手举法杵，骑于六牙白象之上，用以象征其德行的谨慎静重。农历二月二十一是文殊菩萨的圣诞日。

传说，在我国魏晋时期普贤菩萨曾现身于四川峨眉山，因此那里被奉为普贤菩萨的道场，成为中国普贤崇拜的一大中心。

关于普贤菩萨的传说有很多，但流传最广的传说是拾得大士为普贤菩萨的化身。

相传天台山国清寺的丰干禅师，一日行经赤城道旁，听到草丛中有孩子的啼哭声，于是随着声音寻找，发现一个孩子，大约十来岁的样子，询问他的姓名，孩子回答说："我没有家，没有姓，也没有名。"丰干禅师看他孤身一人无依无靠，就将他带回国清寺，让他当个茶童。因为是拾来的，给他取名叫拾得。

拾得非常聪明伶俐，三年后升任斋堂香灯，及执掌出食等杂事。一天，拾得见四下无人，便登座与所供奉的圣像对坐而食。不料被灵熠禅师看见，责怪他对圣像不恭，改派他去厨房洗碗碟。

一天，寺中饭食花果被鸟啄食，拾得竟执杖打寺中供养的山神像，责其守护不力，有失职责，枉受供养。当天晚上，寺中僧众都梦见山神说："拾得打我，骂我。"灵熠禅师到山神像前视察，果然看见山神像有杖打痕迹，这才知道拾得来历不凡。

后来拾得掌管放牛一事，一天，正值寺中半月布萨，律师正为僧众在堂中说戒。拾得驱牛群到法堂前倚门而立，并抚掌笑曰："悠悠哉，聚得作相，这个如何？"说戒和尚怪其不敬，怒斥曰："下人疯狂，破我说戒。"拾得见其嗔心起，随即说偈曰："无嗔即是戒，心净即出家；我性与汝合，一切法无差。"说戒和尚见拾得嬉皮笑脸，气得下堂来打拾得，要他驱牛出去。

拾得曰："我不赶牛了，这群牛前生都是本寺知僧大德，都有法号。不信，且看我叫他们出来。"随即对牛群说："前生律师弘靖站出来。"即有一白牛应了一声出来了。又曰："前生典座光超出来。"又有一黑牛应声而出。拾得又叫："直岁靖本出来。"又有一牯牛应声出来。最后，拾得牵一牛说："前生不持戒，人面而畜心，汝合招此咎，怨恨于何人，佛力虽广大，汝却辜佛恩。"

　　从此，僧众才知道拾得并非凡间俗子，不再以疯子看待他。后来阿弥陀佛化身的丰干禅师告知他人，拾得是普贤菩萨的化身。

普贤菩萨 / 绵竹年画

弥勒菩萨

弥勒，音译梅达丽。弥勒是姓，名阿逸多，是佛教八大菩萨之一，因为弥勒是释迦牟尼佛的继任者，常被尊称为弥勒佛。

弥勒生于印度的婆罗门家庭，自幼聪慧异常。按印度的习俗，新生的孩子要请相师看相。相师见到他惊异地说："此儿具足轮王相，长大必然要当转轮圣王。"这话很快传到国王耳里，满朝文武惶恐异常，怕国内要发生政变，都急着找到这个孩子，并将他杀害。父亲预感大祸临头，就将其藏于母舅家中。随着弥勒日益长大，舅舅担心祸乱终不能幸免，便让他见佛闻法，从佛出家。

弥勒由于从小生活在经济富裕的家族中，出家后，依然交游族姓，喜爱穿着。如国王将一件金缕袈裟供佛，佛将它赐给诸比丘，大家看到这般华丽的袈裟，谁都不敢要。唯弥勒受之，并天天穿在身上，到处乞食。这引起一些比丘议论，他听了根本不放在心上。弥勒在《楞严经》里说："忆我往昔，有佛出世，名日月灯明，我从彼佛而得出家，心重名利，好游族姓。"

大约在五代以后，中国江浙一带的寺院中开始出现笑口弥勒佛的塑像。其实这是按照布袋和尚的形象塑造的。

布袋和尚，明州（宁波）奉化人，或谓长汀人，世人不知道他的族氏名字，自称契此，又号长汀子。世传为弥勒菩萨之应化身，身体肥胖，眉皱而腹大，出语无定，随处寝卧。常用杖挑一布袋入市，见物就乞，别人供养的东西统统放进布袋，却从来没有人见他把东西倒出来，那布袋仍旧是空的。假如有人向他请问佛法，他就把布袋放下。如果那人还不懂他的意思，继续再问，他就立刻提起布袋，头也不回地离去。人家还是不理解他的意思，他就捧腹大笑。

中国的弥勒信仰在南北朝至初唐时期最为兴盛。民间广大佛教徒看重弥勒的救世功能，在战乱频繁的古代社会，这种救世功能与人民对未来的殷切希望紧密结合，因而弥勒信仰被广泛传播。

弥勒菩萨／武强年画

佳 作 赏 析

子路曾皙冉有公西华侍坐

《论语》

　　子路、曾皙、冉有、公西华侍坐①。

　　子曰："以吾一日长乎尔，毋吾以也。居则曰：'不吾知也！'如或知尔，则何以哉？"

　　子路率尔②而对曰："千乘之国③，摄④乎大国之间，加之以师旅⑤，因之以饥馑⑥；由也为之，比及⑦三年，可使有勇，且知方⑧也。"

　　夫子哂⑨之。

　　"求，尔何如？"

　　对曰："方六七十，如五六十⑩，求也为之，比及三年，可使足民。如其礼乐，以俟君子。"

　　"赤，尔何如？"

　　对曰："非曰能之，愿学焉。宗庙之事⑪，如会同⑫，端章甫⑬，愿为小相焉。"

　　"点，尔何如？"

鼓瑟希⑭，铿尔⑮，舍瑟而作，对曰："异乎三子者之撰⑯。"

子曰："何伤乎？亦各言其志也。"

曰："莫春⑰者，春服既成⑱，冠者⑲五六人，童子⑳六七人，浴乎沂㉑，风乎舞雩㉒，咏而归㉓。"

夫子喟然㉔叹曰："吾与㉕点也。"

三子者出，曾皙后。曾皙曰："夫三子者之言何如？"

子曰："亦各言其志也已矣！"

曰："夫子何哂由也？"

曰："为国以礼，其言不让，是故哂之。唯求则非邦也与？安见方六七十，如五六十而非邦也者？唯赤则非邦也与？宗庙会同，非诸侯而何？赤也为之小，孰能为之大？"

注释：

①侍坐：陪侍孔子坐着。

②率尔：轻率地、毫不思索的样子。

③千乘（shèng）之国：拥有一千辆兵车的国家。古时一车四马为一乘。能出车千乘的国家，在当时是一个中等诸侯国。

④摄：迫近。

⑤师旅：古时军队的编制，两千五百人为一师，五百人为一旅。

⑥饥馑：指灾荒。谷不熟为饥，果蔬不熟为馑。

⑦比（bì）及：等到。

⑧方：正道。这里指辨别是非的道理。

⑨哂（shěn）：笑。这里略含讥讽的意思。

⑩方六七十，如五六十：一个纵横六七十里，或者五六十里的小国。

⑪宗庙之事：指诸侯的祭祀活动。

⑫如会同：或者是诸侯会盟，朝见天子。如，或者。会同，诸侯会盟。

⑬端章甫：穿着礼服，戴着礼帽。端，礼服。章甫，礼帽。

⑭希：通"稀"。指弹瑟的速度放慢，节奏逐渐稀疏。

⑮铿（kēng）尔：铿的一声，琴瑟声止住了。

⑯撰：才能，指为政的才能。

⑰莫（mù）春：指夏历三月，天气已转暖的时节。莫，通假"暮"。

⑱春服既成：春天的衣服已经穿上了。

⑲冠者："冠者"指成年人。古代男子二十岁时要举行冠礼，束发、加帽，表示成人。

⑳童子：未加冠以前的少年（不到二十岁）。

㉑浴乎沂（yí）：到沂河里去洗洗澡。

㉒风乎舞雩（yú）：到舞雩台上吹吹风。"雩"是古代为求雨而举行的祭祀。古人行雩时要伴以音乐和舞蹈，故称"舞雩"。

㉓归：通"馈"，进食，送食。

㉔喟（kuì）然：长叹的样子。

㉕与：赞许，同意。

译文：

子路、曾皙、冉有、公西华四个人陪孔子坐着。

孔子说："不要认为我比你们年纪大，就不敢在我面前随便说话，你们平时总是说：'没有人知道我呀！'如果有人知道你们，那么你们打算怎么办呢？"

子路急忙回答："一个拥有一千辆兵车的国家，夹在大国之间，常受外国军队的侵犯，加上内部又有饥荒，让我去治理，等到三年，就可以使人人勇敢善战，而且还懂得做人的道理。"

孔子听了，微微一笑。

孔子又问："冉有，你怎么样？"

冉有回答说："一个纵横六七十里，或者五六十里的国家，让我去治理，等到三年，就可以使老百姓富足起来。至于修明礼乐，那就只得另请高明了。"

孔子又问："公西华，你怎么样？"

公西华回答说："我不敢说能够做到，只是愿意学习。在宗庙祭祀，或者在同别国的会盟中，我愿意穿着礼服，戴着礼帽，做一个小小的赞礼人。"

孔子又问："曾皙，你怎么样？"

这时曾皙弹瑟的声音逐渐慢了，接着铿的一声，放下瑟直起身子回答说："我和他们三位的才能不一样呀！"

孔子说："那有什么关系呢？不过是各自谈谈自己的志向罢了。"

曾皙说："暮春时节，春天的衣服已经上身了。和五六位成年人，六七个青少年，到沂河里洗洗澡，在舞雩台上吹吹风，一路唱着歌儿回来。"

孔子长叹一声说："我是赞成曾皙的想法呀！"

子路、冉有、公西华三个人都出去了，曾皙走在最后。曾皙问："他们三位的话怎么样？"

孔子说："也不过是各自谈谈自己的志向罢了。"

曾皙说："您为什么笑子路呢？"

孔子说："治理国家要讲礼让，可是他说话一点也不谦让，所以我笑他。难道冉有所讲的就不是国家吗？哪里见得纵横六七十里或五六十里就不是国家呢？公西华所讲的不是国家吗？有自己的宗庙，有同别国的盟会，不是诸侯国家又是什么呢？如果公西华只能为诸侯做小事，那谁能为诸侯做大事呢？"

点悟·絮语

　　孟子曰："仁者爱人，有礼者敬人。爱人者，人恒爱之；敬人者，人恒敬之。"仁爱是人人皆可为的，和学历、财富、地位无关。所有人在仁者的眼中都是平等的，没有高下贵贱之分，这才是真正博爱的体现。